新潮文庫

絵本を抱えて
部屋のすみへ

江國香織著

新潮社版

6591

本をよむならいまだ
新しい頁をきりはなつとき
紙の花粉は匂ひよく立つ
そとの賑やかな新緑まで
ペエジにとぢこめられてゐるやうだ
本は美しい信愛をもつて私を囲んでゐる

——室生犀星「本」

目次

写真撮影　広瀬達郎
本文レイアウト　新潮社装幀室

絵本を抱えて　部屋のすみへ

わたしに似たひと

フランシスの絵本によせて

似ている、という言葉について考えはじめると、私はとても混乱する。いつもそうだ。それは、見る、という行為について考えるときの混乱とよく似ていて、要するに、主体と客体の区別がつかなくなるのだ。奇妙な話だけれど。

主体と客体の区別がつかない、というのはほんとうに変でおもしろい気持ちなので、私はつい物をじっと見たり、似ている（と思われる）ひとや物やできごとについて考えこんだりしてしまう。子供の頃、両手をひろげ、ひとところでぐるぐる回転して、わざと自分の目を回してみたみたいに。

去年、『ふたりのベロニカ』という映画を観《み》た。全然別の場所に生まれた、ベロニカという名前の二人の女の子の話。どきっとする場面がいくつもあって、観ているあいだじゅう、微熱のあるときのような、曖昧《あいまい》なくせに神経だけ妙に冴《さ》えた、なつかしい感じがしていた。存在という概念はそれ自体がファンタジーなのだと思う。

ところで、私はフランシスに似ている。ホーバン夫妻（なぜか一冊だけガース・ウイリアムズ）描くところの、あのくまのフランシスだ。それもちょっとやそっとじゃなく、なんというか、私と彼女は本質的におなじなのだ。だから彼女の本は、とても読めない気がすることもある。性格描写のあまりの赤裸々さに困惑してしまうもの。

フランシスはよく歌をうたう。理屈っぽい。刹那《せつな》的である。妹がいる。食べ物に執着する。頑固である。ときどき意地悪をする。

なかでも理屈っぽさと歌をうたう癖は、どうしても他人事《ひとごと》とは思えない。フランシスは、なにかというと歌をうたう。嬉《うれ》しいにつけ悲しいにつけ、即興でつくってうたうのだ。アメリカでは、フランシスのソングブックという本まででているほどなのだが、邦訳されている五冊の絵本の中だけでも、彼女は二十二曲もの歌をつく

『おやすみなさいフランシス』(ガース・ウイリアムズ＝絵／福音館書店)
『フランシスのいえで』『ジャムつきパンとフランシス』『フランシスとたんじょうび』
『フランシスのおともだち』(以上４点、リリアン・ホーバン＝絵／好学社)
※すべてラッセル・ホーバン＝文／まつおかきょうこ＝訳

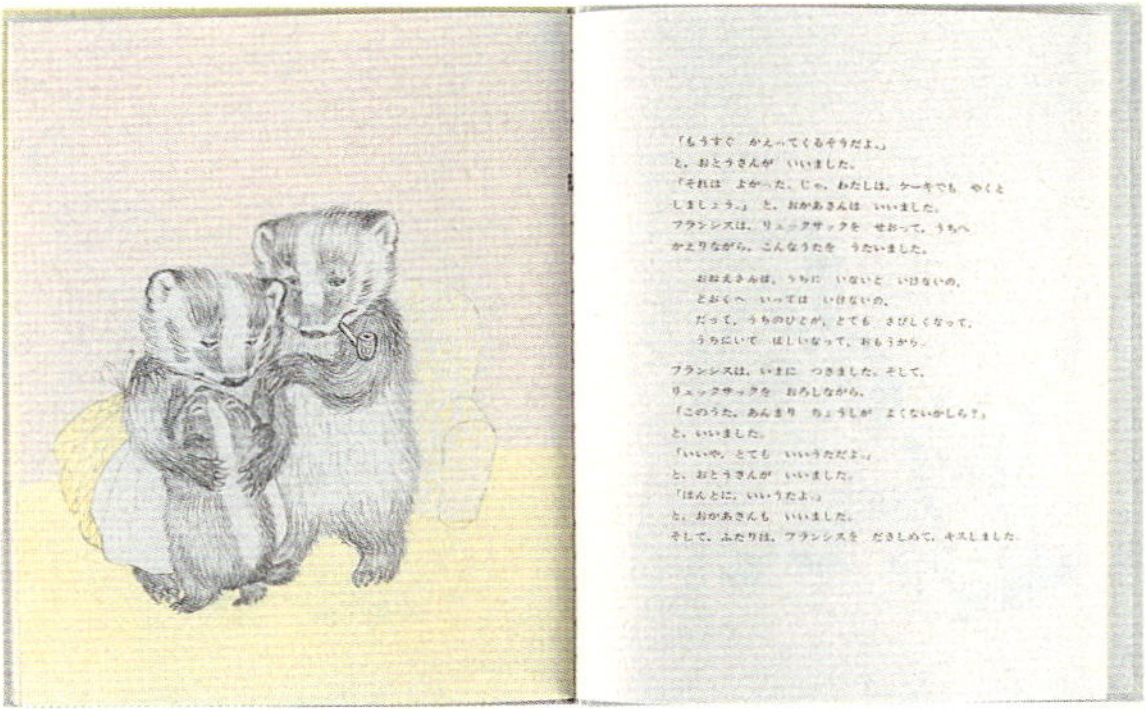

『フランシスのいえで』より

ってうたっている。私がとりわけ好きなのは、

ポトリン　ポトリン　ポトリンコン
ながしのしたには　ふきんが　あるよ
バケツも　たわしも　わたしも　いるよ
ポトリン　ポトリン　ポトリンコン

というながしの下の歌（『フランシスのいえで』）と、

たまごは　きらい　だいきらい
だって　さわると　ブルンブルンするし
なかが　ヌルヌルしてるんだもん
たまごは　きらい　だいきらい
あたしは　たまごなんか　たべなくたって

ちっとも　ちっとも　かまわない

というたまごの歌（『ジャムつきパンとフランシス』）、

ちいさすぎる　いもうとは
やきゅうなんかは　できやしない
なげるのもだめなら　うけるのもだめ
おまけに　うつのも　だめなんだもん
ちいさすぎる　いもうとに　できるのは
あんあん　あんあん　なくことだけ

という小さすぎる妹をばかにする歌（『フランシスのおともだち』）と、

すすめ、すすめ、ジャンジャカ　ジャンジャン　すすめ！

という、ジャンジャカジャンジャンジャンすすむ歌（『フランシスのいえで』）。

フランシスは、こんな風に言いにくいことを歌にして主張する傾向がある。ただのはな歌ですよ、という形式にしないと言えないのだ。ちょうど、小説家が小説を書くときみたいに。

五冊のうち、私はジャムつきパンの話がいちばん好きなのだけれど、それはなにもおいしそうなものがたくさんでてくるからだけじゃない。この本にはフランシスの理屈っぽさが遺憾なく発揮されていて、そのどれもがほんとうに正しい理論なのだ。ここには理屈の崩壊する瞬間——それを書きたくて原稿用紙を百枚も二百枚も費やしてしまう人間がいるというのに——が鮮やかに書きこまれている。理屈を捨てるのには勇気がいるが、しかしそれをしないとなにもできない（無意識のうちにそれをやってのける人もいるらしいのだが、私やフランシスにとって、それは一つの驚きである。才能だとさえ思ってしまう）。実際、理屈を捨てない限りお弁当一つ食べられないのだ。トマトのクリームスープやいせえびのサンドイッチ、セロリやにんじんやオリーブの入った、にぎやかなお弁当ならなおさら。

フランシスの絵本の特徴の一つは、淡い色彩だと思う。ピンクや緑やクリーム色や、白やグレーやうす紫や——。そのあかるくてやさしい色ばかりの空間の中で、フランシス自身は常にモノトーンである。そのことも私には安心な気がして、なんだかとても納得がいく。ふわふわとやわらかそうな、鉛筆描きの黒い線。穏やかで控えめなその毛皮が、フランシスにはよく似合う。

私は、ある時期、フランシスの本を毎日読んでいた。似ているということの不思議な罪悪感が心地よくて、くり返しくり返し読んでは混乱していた。デジャ・ヴみたいだった（でも、どちらがどちらの?）。

あれは、すねに同じ傷をもつ者同士のシンパシィ、というものではなかったかと思っている。

ここではないどこか

センダックの絵本によせて

マザーグースにこういう歌がある。

いきたいところに　いけるのなら
いまいるところには　いないでしょう
いまいるところを　でられなきゃ
いきたいところは　いけないの

座右の銘というかモットーというか、私はこれを、戒め兼言い訳の万能薬にしている。かなりの特効薬である。

ここではないどこかにいきたいと、ずっと思っていた。「ここ」が嫌なのではない。「ここ」がどんな場所であれ、「ここではないどこか」は、常に私を惹《ひ》きつけてやまないのだ。

子供の頃、いちばん何度もひらいた絵本は『かいじゅうたちのいるところ』（当時は『いるいるおばけがすんでいる』というタイトルで、私はいまでもこの本を、「いるいるの本」と呼んでいる）だった。ぶしょうな子供で、絵本は読むより読んでもらう方が好きだったのだが、この本だけは、一人で何度もくり返しひらいた。これは、主人公の少年マックスが、まさに「ここではないどこか」にでかけていく物語である。

マックスはそこで王様となり、奇怪なかいじゅうどもを従えて、踊ったり吠《ほ》えたり大いに暴れる。その遠い場所での大騒ぎが、たっぷりの迫力と臨場感をもって描写されているのだが、私をあんなにも熱中させたのは、しかしそこに至る手前の描写、マックスの部屋に木がはえて、その木がそだち、ついには海まで出現し、「ここ」が「ここではないどこか」に変わっていく、その様子の方だった。「ここ」というのはこんなにも大胆に、みるみる変わってしまうものなのだ。

センダックの絵本はいつもそうだ。現実のすぐ隣に（すぐ内側に、というべきかもしれないが）、自由でワイルドな非現実がある。『まどのそとのそのまたむこう』にしても、『まよなかのだいどころ』にしても。

ここでも、主人公であるアイダやミッキーは、ゴブリンやらでぶのコックやら、ちょっと不気味でおかしなものたちを相手に、よその場所で勇敢に冒険をする。とくに『まよなかのだいどころ』では日常と非日常の逆転が見事で、澄んだ夜空を背景にした楽しくもあやしいビル群など、見ているだけでわくわくする。ねり粉と一緒にねられたり、ミルクの壜《びん》にとびこんだりする皮膚感覚も好きだ。

彼らの冒険はどれも幸福な帰還でおわっているが、帰ってこられない旅というのもある。『ふふふん　へへへん　ぽん！』がそれで、このお話は、二度と帰ってこられないぶんだけせつなくて美しく、現在の私は、センダックの本の中でこれがいちばん好きだ。

『まよなかのだいどころ』『かいじゅうたちのいるところ』『ふふふん　へへへん
ぽん！　―もっといいことときっとある―』（以上３点、じんぐうてるお＝訳／冨山房）
『まどのそとの　そのまたむこう』（わきあきこ＝訳／福音館書店）
※すべてモーリス・センダック＝作

『かいじゅうたちのいるところ』より

この本は不思議な本で、どの絵を見ても、なつかしい気持ちで胸が一杯になってしまう。繊細なペン画はリアルで緻密《ちみつ》だけれど、空気がどこか微妙にずれていて、木の一本、猫の一匹、階段の影の一つが、すでに「ここではないどこか」の深い落ち着きと、かるいかなしみ——いきたいところにいけるのなら　いまいるところには　いないでしょう　いまいるところを　でられなきゃ　いきたいところは　いけないの——をたたえているのだ。私は、この本の出だしの二頁《ページ》を読むだけで、いつもどうしても泣きそうになる。

「ここではないどこか」の対極にあるのは、あくまでも「居心地のいいここ」である。だからこそでていくのに意味があるのだし、帰るのにもまた意味があるのだ。たとえば継母にいじめられているシンデレラや白雪姫が、物語の最後に宮殿という新しい場所を得て、すえながく幸せに暮らすのとは、それはだから全然ちがう。「ここではないどこか」というのは決して、「ここよりいいどこか」ではないのである。その証拠に、マックスの「ここ」には湯気のでたばんごはんが、アイダの「ここ」には父親からの手紙が、ミッキーの「ここ」にはケーキのある朝が、それぞれちゃんと待っている。
　そうしてそれでいて、「ここではないどこか」は、「ここよりわるいどこか」でも、無論決してないのである。そのことに、私はほんとうに感動する。『ふふふん　へへへん　ぽん！』の主人公ジェニーは、最後に向うから飼い主にあてて（ジェニーは犬なのだ）、すっかり満足そうな手紙をだす。ジェニーはそこで、毎日モップ（好物のサラミ・ソーセージでできている）を食べ、念願の主演女優になったのだ。「ゆうめいな」女優であるジェニーは、その手紙の中で言う（この言葉は、最初の二頁とおなじくらい私を泣かせる）。

　こんにちは。
　おわかりと　おもいますが、わたしは　もう　おたくへ　もどりません。

生活の愉《たの》しみ

プロヴェンセン夫妻の絵本によせて

いちばん幸せなのはお風呂《ふろ》に入っているときだ。もうほんとうに幸せで幸せで、うっとりしてしまう。もしも究極の選択というのを迫られたら――誰もそんなもの迫らないだろうが――、いい映画よりもいい本よりも、いい音楽よりもいい恋愛よりも、私はいいお風呂を選ぶと思う。そういう性分なのだ。

眠るとか起きるとか、お風呂に入るとか窓をあけるとかお茶をのむとか、顔を洗うとか階段に腰かけるとか散歩をするとか、日々のこまごましたことが、私は非常に好き。怠け者なのかもしれないが、あえて探しに行かなくても降ってくる喜びというのが、なんというか無性に好きだ。そういえば、シェイクスピアにこういう言

『みみずくと３びきのこねこ』『かえでがおか農場のいちねん』
（以上２点、きしだえりこ＝訳）
※すべてアリス＆マーティン・プロベンセン＝作／ほるぷ出版

『かえでがおか農場のいちねん』より

葉がある。求めて得た愛はよし。求めずして得た愛はさらによし。

プロヴェンセン夫妻の絵本が好きなのも、そのせいなのだろうと思う。彼らの絵本はどの一冊にも、この「あえて探しに行かなくても降ってくる日々の喜び」が、ぎっしりとつまっている。

『かえでがおか農場のいちねん』という本がある。大判の絵本で、「これは、いちねんかんの　のうじょうの　くらしや、どうぶつたちのことをかいた　えほんです」という冒頭の文章どおり、どの頁にも見開き一杯に、美しい農場の風景や動物たちの表情、そこでのいろいろな仕事や生活が、たっぷりとひろがっている。絵も文章も必要な事実だけを淡々と述べていて、感情描写や変な修飾は一切ない。だからこそこれだけ清潔な詩情が溢《あふ》れるのだし、それはたしかに信用できる種類のものである。

たとえば私がいちばん好きな七月の頁には、曖昧な色の空の涼しい夜が閉じこめられていて、テラスで寛《くつろ》ぐ人々やねそべる犬、窓から外を眺める子供や、納屋《なや》に干し草を運ぶ人たちの姿がかきこまれている。そうして、おどろいたことに、カエルやコオロギやフクロウの鳴き声、もーっという牛ののんびりした声や、馬が草を食べる音までほんとうにきこえてくるのだ。

おなじシリーズの『みみずくと3びきのこねこ』もそうで、そこには生き物と暮らすということ、季節の移りかわりの中で、風や雨や星や草のそばで、そしてしかも屋根の下できちんと暮らすということの、豊かな愉しさが丁寧に描かれている。

私がプロヴェンセン夫妻を恰好《かっこう》いいなと思うのは、生活の中のそういう身近な愉しみをみつめる目をそっくりそのまま拡大させて、生活のつみ重なりである「人生」に対しても、おなじスタンスで悠々と向かいあっているところだ。彼らが日々の生活を愛するのとおなじように人生を愛していることは、たとえば『パパの大飛行』を読むとすぐにわかる。ここに描かれている、あかるくて強くてまっすぐな人生観には、読むたびに励まされる。この本が現在品切れだというのは淋《さび》しい。

でも、傑作がまだあるのだ。生活を淡々と描写することで人生をきっぱり書く、というプロヴェンセン夫妻のスタイルが、ため息がでるほど見事に花開いている一冊。『SHAKER LANE』というのがそれで、まだ邦訳版はでていない。一度、ぜひ訳したいと某出版社に申し出てもみたのだけれど、地味すぎるからと一蹴《いっしゅう》されてしまった。たしかに地味な本なのだ。ストーリーもシンプルで、シェイカー通りに住む人々を、ただ順番に紹介しているだけ。「ヴァージル・オーツは、妻のスー・アンと五人の子供たち、スー・アンの兄のウェインと一緒に住んでいる」とか、「その隣はサム・クーリックの家」とか、「ノーバート・ラ・ローズは、妻のシャーリーンと四人の子供たち、三匹の犬と五匹の猫、それにルーシーという名のあひると共に暮らしている」とか。

シェイカー通りの人々は、みんな「物事をざっくばらんに考える性質」なので、庭はがらくたで一杯になってしまう。古い鏡台や壊れた車、ストーブの煙突やぼろきれやベッドのスプリング――。そういう暮らしに眉《まゆ》をひそめる人々もいるのだが、でもともかく、彼らはそういう風に生活する人たちだったのだ。うす茶と緑を基調にした絵はほんとうに美しく、きりりと澄んだ空気の匂《にお》いも伝わってくる。ちなみに、私はこの寡黙《かもく》で魅力的な住人たちの中でも、ハーキマー姉妹がいちばん好きだ。これといって理由はないけれど。

『シェイカー通りの人びと』
（アリス＆マーティン・プロベンセン＝作／江國香織＝訳／
ほるぷ出版）
『SHAKER LANE』
（ALICE AND MARTIN PROVENSEN＝作／VIKING KESTREL 社）

『SHAKER LANE』より

結局、新しい貯水池を造るために立《た》ち退《の》き命令が下り、彼らはそれぞれに引越していくのだが、そのことも、なんというか実にあっさりと書かれている（ラストの一行は圧巻なのだけれど、ここに書いてしまうのは気がとがめる。興味のある方はぜひ原書で見て下さい）。

生活というもののもつ、素朴で質実で、ある種したたかなエネルギーが、しずかな絵と簡潔な文章によって、心に深く届く絵本だと思う。

（編集部注　「SHAKER LANE」はその後、著者の訳で、ほるぷ出版より「シェイカー通りの人びと」として刊行された）

個人的なこと
童謡絵本によせて

小学校の教室に、栄養成分表というのが貼《は》ってあった。大きくてカラフルなポスターで、食品がその機能別に——骨や歯をつくる食品＝牛乳・小魚、エネルギーになる食品＝ごはん・パン、血や肉になる食品＝魚・肉・卵、という風に——、それぞれ絵入りで分類されていた。どういうわけか、私はこの表が好きでいつも眺めていた。そうして物を食べるときには、それが自分の骨だの歯だの血だの肉だののになるところを、かなり真剣に想像して食べた。

血や肉になる、という表現および感覚が、それ以来私の中にはしずかに深く存在し、ときどきふいに顔をだす。衝撃的な出来事に遭遇すると、ああ、好むと好まざ

ると に拘《かか》わらず、これは私の血や肉になったな、と思うのだ。言葉もそう。ひとに言った言葉も言われた言葉も、ある種の破壊力をもった言葉はみんな、それが口をついてでた（あるいは耳にとびこんできた）瞬間に、たちまち血や肉になってしまう。意識的な取捨選択ができない、というのが、この「血や肉になる」プロセスの特徴だ。

肉体をつくるのは、食べたものだけじゃないのだ。見たもの聞いたもの、出会った人、みんな血や肉になる。そうやって、知らないうちにどんどん自分が構成されていくというのは、ちょっと怖いけれどおもしろい。

そういう意味では本も例外ではなく、くり返し読んだものやインパクトの強かったもの、あるいはそのどちらでもないのに何かのはずみで、という本が、たぶんいつの間にか血となり肉となっている。

私の場合、その筆頭はまちがいなく童謡絵本だ。

私の独断でいえば、童謡絵本の双璧《そうへき》はトッパンと講談社で、シリーズとしての充実度や紙の厚ぼったさによる耐久性、全曲楽譜が明記されている点や、潔《いさぎよ》くシンプ

トッパンのえほん　童謡絵本
1巻から10巻まで、1960年にフレーベル館から発行された。
イラストは、いわさきちひろ、川上四郎、黒崎義介、
林義雄らが担当している。

ルなたたずまいにおいてはトッパンの方が、一冊のヴォリウムや満足感、うしろの方に付録みたいについている物語頁や漫画頁のそこはかとない哀感においては講談社の方が、それぞれ一枚上手だと思う。いずれにしても、私はどちらもくり返し愛読（愛唱）した。

血や肉になった本の最大の効能は、忘れた頃に読み返しても、たちまち体が反応して勇敢な気持ちになる、ということで、私はひさしぶりに童謡絵本をひらいたりすると、それを愛読していた頃の無謀な気持ちがよみがえり、なくすものがなんにもないという気になって、二、三曲うたえば身内に灯りがともるみたいな不思議な感じでぽつぽつと元気が湧《わ》いてくる。二、三冊ぶんうたえば、もう怖いものなしだ。

印象的だった頁ならなおさらで、それはたぶんつまり、それを初めて読んだ時分の「基本の自分」に戻れるからなのだろうと思う。たとえば、私は「あのまちこのまち」の頁をみると、あっというまに心細く淋しくなって、体温が二度くらい下がるような気がする。武井武雄の描く、夕暮れの道を一列になって歩く子供たちの姿は、あの頃みるたびに不安になった。ざわざわと胸さわぎがする感じ。そうしてそのくせ茫漠《ぼうばく》とした自由さや孤独が、得もいわれず快感だった。

大人になって、はじめて一人旅をしたとき、新幹線の窓から外をみながら——それはちょうど武井武雄の描くところの夕暮れにそっくりの色あいだったのだが——、ふいにその頁を思いだし、心細さと同時になんとも開放的な、心踊る気持ちになったのを憶《おぼ》えている。それ以来、私は（おもに旅先で）不安になるとよくこの歌をうたう。不安をまぎらわすためにではなく、不安を確かめるために。

無論こういうのはきわめて個人的なことだ。でも、読書というのはもともとおそろしく個人的な行為であり、だからこそ隠微な愉しみなのだと思う。

そう考えてみると、良い本とか上質な本とかいう概念は、改めてばかばかしくナンセンスだ。

トッパンと講談社のもの以外にも、小学館や富士屋書店、栄光社刊のものなど、童謡絵本はいまもわりとたくさん手元に残っている。一冊ずつゆっくり見てみると、絵かきさんがとても自由に——ずいぶん勝手に、といってもいいのだが——仕事をしていて好もしい。妙に抒情的だったり感傷的だったり、そうかと思うといきなり江戸時代みたいな装束（そのわりに髪型だけ中国風だったりもする）がでてきたり、歌詞に忠実なあまり、うさぎの耳と小鳥の足を持った子供がでてきたりもして（何の歌かというと、「くつがなる」です、もちろん）けっこうシュールな一面もある。単純な意見だけれど、そういうのはとても楽しい、と、私は思う。

講談社の絵本（ゴールド版）童謡画集
1958年から月２回、120号まで出版された。
童謡画集(4)では、抒情画の先駆者のひとり、
蕗谷虹児がイラストを描いている。

地上の天国

バーバラ・クーニーの絵本によせて

バーバラ・クーニーの新刊がでた。画家と素材は互いにひきあうものらしい。『エミリー』というタイトルが示すとおり、詩人のエミリー・ディッキンソンをあつかったもので、物語を書いたのはマイケル・ビダードだけれど、文も絵もクーニー、といわれても違和感のない、とても彼女らしい絵本だ。

女の一生、というと、たぶんモーパッサン（あるいは林芙美子、有島武郎あたりか）を連想するのがまっとうというものなのだろうが、私は断然バーバラ・クーニーを連想する。そのくらい、クーニーはしばしば「女の一生」を絵本にしているし、しかもその女たちには共通点があり、私はその共通点におおいに惹《ひ》かれる。いかに

もクーニー好みのその共通点とは、
一　毅然《きぜん》としている
二　まっすぐである
三　自由である
四　人生を心底楽しんでいる
五　孤独である
の五つで、具体例としては、『おおきななみ』のハティー、『ルピナスさん』のアリス（ところで、この絵本の原題は『ミス・ランフィアス』という。老いや孤独をきちんとひきうけた上で自由に生きた一人の女性と、彼女が誇りをもって選んだ人生とがすっきり感じられるタイトルだと思う）、『エミリー』のエミリー、などが挙げられる。

これらの絵本の何がいいのかといえば、「切りとり方」がいいのであって、私はクーニーを、大きくて美しい、銀色のハサミみたいだと思う。シャープで機能的な、ものすごくよく切れるハサミ。彼女はくだくだしい感情描写をしない。葛藤《かっとう》だの矛

『おおきななみ』
『ルピナスさん』（以上２点、バーバラ・クーニー＝作／かけがわやすこ＝訳）
『エミリー』（マイケル・ビダード＝作／バーバラ・クーニー＝絵／掛川恭子＝訳）
※すべてほるぷ出版

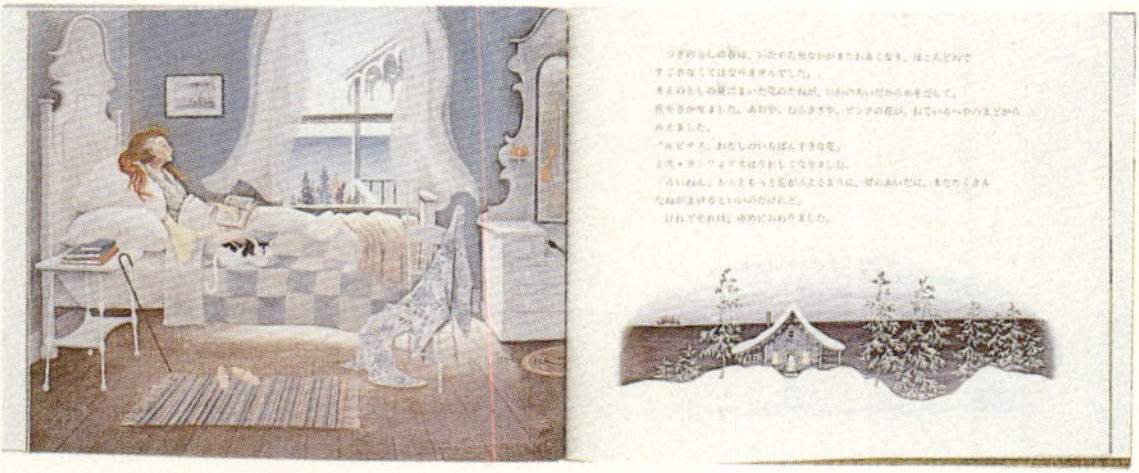

『ルピナスさん』より

『すてきな子どもたち』(アリス・マクレラン＝文／きたむらたろう＝訳)
『にぐるまひいて』(ドナルド・ホール＝文／もきかずこ＝訳)
『ちいちゃな女の子のうた“わたしは生きてるさくらんぼ”』
(デルモア・シュワルツ＝文／しらいしかずこ＝訳)
※すべてバーバラ・クーニー＝絵／ほるぷ出版

『ちいちゃな女の子のうた“わたしは生きてるさくらんぼ”』より

盾だの、ぐずぐずした鬱陶《うっとう》しいものをひきずらない。私は、絵本というのは基本的にそういうもの――ひきずらないもの、すぱっと鮮やかに切りとるもの――だと思っている。

クーニーの絵本には、大きな流れが二つある。一つは女の一生編で、もう一つは幸福な子供時代編だ。『すてきな子どもたち』や『にぐるまひいて』、『ちいちゃな女の子のうた〝わたしは生きてるさくらんぼ〟』などが後者なのだけれど、この二つの流れは実はとてもわかち難く結びついている。ハティーにせよアリスにせよエミリーにせよ、孤独ではあっても淋し気ではないのは、彼女たちの中にすでにたっぷり幸福が埋めこまれているからだと思う。私はバーバラ・クーニーの、この徹底した肯定の姿勢にいつも目をみはる。人生はたのしいし、窓の外は美しい、と、決して甘やかな風にではなくクーニーは言う。その意志の強さ、潔さ。それも、概念としてのたのしさや美しさでは勿論《もちろん》なくて、彼女の描く幸福は、常に身近で具体的だ。日々の生活そのものだったり子供だけの遊び場だったり、ときにはピーチの実一つだったり。

クーニーの描く人物はみんな、こういう人生のたのしさを、子供のときから体内にたくさんたくわえているのだ。だからこそ、それぞれの豊かな人生を、一人で元気に逞《たくま》しく生きられる。

『エミリー』の話に戻るけれど、これは『おおきななみ』や『ルピナスさん』とちがって、主人公がエミリーではない。エミリーの人生が時間軸にそって述べられるのではなく、少女の目をとおして、エミリーというひとが「切りとられる」のだ。しかも、少女とエミリーの実際の接触場面はたった一か所——数分間だけ——というあっけなさだ。でも、だからこそ垣間《かいま》見える真実というのがあるのだし、それはたとえばここにでてくる「音楽」の持つ真実性、「詩」の持つ真実性と同じものである。断片に宿る真実、とでもいうのだろうか、たとえば雪の一片一片、たとえば花や草の一本一本の持つ真実とおなじもの、そして日々の生活や子供だけの遊び場や、ピーチの実一つに込められた幸福と同じものが、そこには確かにあると思う。

そしてまた、少女とエミリーが出会う場面——落ちついた色彩の、ひっそりした階段の「まがっているところ」で、白い服を着た二人が向かいあう場面——は、バーバラ・クーニーの絵本の二つの流れ、女の一生編と幸福な子供時代編の交差する、まったく稀有《けう》で特別な場面ともいえるのだ。

最後にエミリーが少女に手渡す紙きれには、こんな詩が書いてある。

天国をみつけられなければ――地上で――
天上でもみつけられないでしょう――
たとえどこにうつりすんでも
天使はいつもとなりに家をかりるのですから――

「わたしはいつもわたしでしょう」と、ちいちゃな女の子は言い、「わたしはわたしよ」とハティーは言う。クーニーの絵本の中では、一人一人がみんなそうやって、地上の天国をしっかりとみつけだしていく。

憧《あこが》れのパリ
マドレーヌ絵本の世界

ずっとパリに憧れていた。プレヴェールのパリ、ジャン＝ポール・ベルモンドのパリ、ユトリロのパリ、フジタのパリ。「凱旋門《がいせんもん》」のパリ（カルヴァドスのパリ）、リュシエンヌ・デュビビエのパリ。お菓子も服も、それどころか小石や枯れ葉やカフェのマッチまで、パリの、とつくと特別に思えて、旅行土産にもらったそれらの小さながらくたを、机のひきだし一杯にためていた。

はじまりはマドレーヌちゃんだった。小学校の一年生だか二年生だかのとき、ひんやりと日のあたらない新校舎一階奥のうす暗い図書室で、はじめてマドレーヌちゃんの本をみたときの感じはいまもよく憶えている。大きな判型の頁《ページ》一杯に、世にも美しい色彩でパリが溢れていた。そこでは空気の質感が違う、ということを絵がらはっきりと感じたし、他の多くの本とちがって、風景がたっぷりと大きく人物が小さな構図の自然さも、気持ちがいいと思った。あかるい黄色一色の頁も、とてもきれいだと思った。粋《いき》とか洒脱《しゃだつ》とか、そういう言葉を知る前に、ベーメルマンスの絵がそれを教えてくれたと思う。

実際、パリの街なみ特有の、あの楽天的にくすんだ一種無責任な美しさを、ベーメルマンス以上にいきいきと描ける画家はみたことがない。ユトリロのパリよりデユフィのパリより、私はベーメルマンスのパリが好きだ。だからその後パリを旅したときも、私にとって風景のいちいちは、みんなベーメルマンスのそれだった。私はみるものごとに歓声をあげた。「あ、マドレーヌちゃんのエッフェル塔!」「マドレーヌちゃんの並木道!」「マドレーヌちゃんの犬!!!」

何しろ印象的だったのだ。図書室の大きな木の机——端がささくれていて、冬はきまって手を切った——の上で、私は何度もその本をひらいた。そして、パリの街の大人っぽい美しさに目をみはり、ジュヌビエーブという、犬の名前の響きのよさにさえ憧れた。

そこはあかるくて居心地がよく、物事が正しく保たれている場所だった。物事が正しく保たれているということは、(およそ信じられないことだが)物のわかった大人がいるということだ。これは、パリで暮らすことの様々な愉《たの》しみのうちでもとりわけ素晴らしいことに思えた。物のわかった大人！ 普段はひっそりとして目立たず、しかしいざというときには「走りに走って」かけつけてくれるミス・クラベルのような、だ。

マドレーヌちゃんの本を通してみた私のパリに対するイメージというのはつまり、物のわかった大人のいる自由で美しい街、なのだった。

そして、その自由さは勿論寄宿学校での生活への憧れとも重なっていた。寄宿学校！ 家族と離れての、子供たちだけの生活！ なにしろマドレーヌちゃんたちときたら、いつだって「二れつになって」「二れつになってパンをたべ」、「二れつになってはをみがき」、「二れつになってやすみ」、雨でも晴れでも九時半になるとパリの街に散歩にでる、という、素敵な生活をしているのだ。そばには頼れるミス・クラベル。

マドレーヌちゃんが十二人のなかでいちばん小さかったということも、私にはなかなか重要だった。私も、小学校の六年間を通じてつねに一番小さく、前へならえのときには両手を腰にあてる役だった。もっとも、マドレーヌちゃんとちがってぼんやりした、怖がりで不活発な子供ではあったのだけれど、だからこそ、彼女の勇気と行動力に憧れた（中学に入って出会った親友が、彼女にとってのヒーローは『リボンの騎士』のサファイアなのだと教えてくれたとき、私はマドレーヌちゃんの名前を打ちあけた）。

大人になって、洋書版のマドレーヌちゃんをみた。びっくりした。色が全然ちがうのだ。世にも美しい、と思っていた邦訳版マドレーヌちゃんよりも、さらにもっと遥《はる》かにずっと美しいのだ。……とても形容しきれない。これは、いまこの原稿を書いている現在も不思議でしょうがないのだけれど、どうしてこういうことがおきるのだろう。印刷技術というのは他の多くの技術同様めざましく進歩しているはずなのにねえ。

ともかく、ベーメルマンスの本は一度洋書でみてほしい。ほんとうに微妙な色あ

『げんきなマドレーヌ』『マドレーヌといぬ』
（ルドウィッヒ・ベーメルマンス＝作・画／瀬田貞二＝訳／福音館書店）

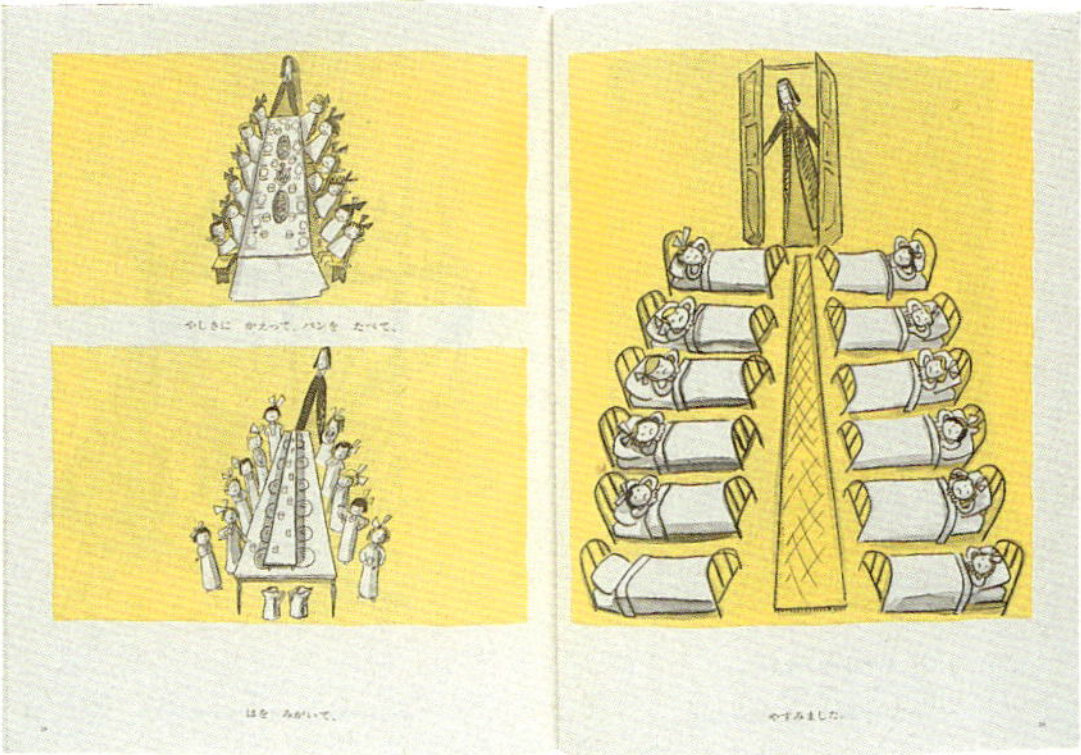

『げんきなマドレーヌ』より

いなのだ。文章もシンプルで読みやすい。たとえば、『SUNSHINE』という本の中で彼の使うピンクの大人っぽさや、ところどころで韻を踏んだ文章の、小気味いいばかばかしさ。ほんとにまったくパリっぽいのだ。

パリは、いまではもうそう遠い場所ではないけれど、私は依然として憧れをつのらせている。勇敢なマドレーヌちゃんと物のわかった大人がいて、響きのいい名前を持つ犬のいるパリ、そして、十二人の子供たちが始終「二れつになって」暮らしているパリに。

日常生活はかくあれかし
がまくんとかえるくんの絵本によせて

ジェイ・マキナニーの小説に、こういうくだりがある。

男たちを信じられない、というのはわかるよ。それに家族っていうのはもともと嘘《うそ》から始まってるし、二人の人間が信頼し合えるなんていう全く馬鹿《ばか》げた考えに基づいてるんだからね。だけどよ、友だちを除いたら、いったいこの世で誰をあてにできるっていうの？　あたしの辞書ではそういうことになってるんだ。
(『ストーリー・オブ・マイ・ライフ』宮本美智子訳　新潮文庫より)

私の辞書でも、そういうことになっている。

愛しているものや美しいもの、ずっととっておきたいくらい大切なもののいちばんいい保存方法は物語にすることだ、と思っているので、友情の物語が書けたらどんなにいいだろうと思う。友情というのは厄介な代物《しろもの》で、言葉にするとたちまち空々しく鬱陶しくなってしまうのだが、だからこそ、正しく紙の上に写すことができたら、と憧れる。

たぶん軽やかな物語になるだろう。軽やかで滋味のある、淡々とした物語。実例をあげるならアーノルド・ローベルだ。がまくんとかえるくんの四冊の絵本。おさえた色調といい平明な訳文といい、ほんとうにやさしい本だ。読むたびに安心する。それに一つ一つのお話が、実に上等にできているのだ。詩的でささやかでユーモラス。これは、私にとって物語の理想三要素であり、日常の理想三要素でもある。

読んでいて、ともかく心地いいのだ。心地がいいというのは素敵なことだ（私など、心地よさはあらゆる行動の動機および目的たりうると思っている）。そして、

『ふたりはともだち』
『ふたりはいっしょ』
『ふたりはいつも』
『ふたりはきょうも』
（以上４点、アーノルド・ローベル＝作／三木卓＝訳／文化出版局）

「しんぱい　ごむよう。」
かえるくんが　いいました。
「ぼくたちの　とおってきた　ところを
のこらず　もどって　あるいてみよう。
じきに　みつかるよ。」
ふたりは　大きな　くさはらへ　もどりました。
ふたりは　せの　たかい　くさの　あいだを
ボタン《ぼたん》が　ないか　さがし　はじめました。

「きみの　ボタン《ぼたん》だ！」
かえるくんが　さけびました。
「そりゃ　ぼくのじゃないな。」
がまくんが　いいました。
「その　ボタン《ぼたん》は　くろいもの。
ぼくのは　白いんだ。」
がまくんは　くろいボタン《ぼたん》を
ポケット《ぽけっと》に　いれました。

『ふたりはともだち』より

心地よさの最大の理由は距離感で、がまくんもかえるくんも、必要以上に相手に接近したりしない。自分の居場所を守ること、という動物界の不文律は、彼らの本能にちゃんとインプットされている。しかも、彼らは文明生活を営むかえるたちであるから、その居場所をきわめて心地よくととのえる。あたたかな部屋、やわらかなベッド、三時にはお茶とお菓子。

これはたとえばミルンの『クマのプーさん』などにもいえることだけれど、彼らはみんな一人で住んでいる。監督者不在の物語空間なのだ。みんな自分の考えと感覚と、わずかばかりの経験と創意工夫とで、それぞれの人生を豊かに渡りあるいていく。当然様々なひずみが生じるが、がまくんやかえるくん（あるいはクマのプーさん）にとって、そんなひずみが一体どれほどのものだろう。彼らがみんな一人ぼっちで生きている、というそのことが、物語をたしかなものにしていると思う。

そして、だからこそ、がまくんとかえるくんはいつも一緒だ。「はるになると、よのなかがどんなふうに見えるか　それをしらべにそとへ」でかけていき、夏には水泳をする。「おおきなきのかげにすわって、いっしょにチョコレートアイスクリームをたべ」たりもする。秋には互いの玄関の前を「おちばかき」して、おふとんの中でそれぞれしあわせな気分になるのだし、冬には二人でそり遊びに興じる。

一人になりたいこともあるのだが、そういうときには置き手紙を残し、ちゃんと一人になりにいく。

大切なのは、自分が誰かに必要とされているということだ。自分の居場所がある、というのは最終的にそういうことなのだし、がまくんとかえるくんの日々の生活は、ほとんどその一点で支えられている。単調といえば単調な彼らの生活が、ああも愉快そうなのはそのせいだと思う。誰かをおもうことの温かさ、それをこんな風にしずかに語れる作家は、ほかにちょっと思いつかない。

「ひとりきり」(『ふたりはきょうも』所収)というお話のなかに、こういうセリフがある。「ぼくはうれしいんだよ。とてもうれしいんだ。けさめをさますとおひさまがてっていて、いいきもちだった。じぶんが一ぴきのかえるだということが、いいきもちだった。そしてきみというともだちがいてね、それをおもっていいきもちだった」

また、「クリスマス・イブ」(『ふたりはいつも』所収)というお話では、約束に遅れたかえるくんを、がまくんが思いきり胸を痛めて心配する（再会したときの喜びの深さは、少しざらっとした紙からそれはもう溢《あふ》れるように伝わってくる）。

さらに、「がまくんのゆめ」（『ふたりはいっしょ』所収）というお話にはこういう文章もある。


「かえるくん」

がまくんがいいました。

「ぼく、きみがきてくれてうれしいよ」

「いつだってきてるじゃないか」

かえるくんがいいました。それからふたりはたっぷりあさごはんをたべました。

それからながいすばらしい一日をいっしょにすごしました。


そうやって、彼らは何度もくり返し相手を発見し続ける。そのたびに少しずつ、幸福を深くしながら。

たくさんの人生
ビアトリクス・ポターの絵本によせて

ビアトリクス・ポターの本は大人になってから読んだ。子供のころに読んでも好きになっていたと思う。ポターの本はとても大人っぽいし、私は大人っぽい本が好きだったから。

どんなところが大人っぽいのかというと、作者が登場人物の口を借りて物を言ったりしないところ。大人っぽい本を書こうと思ったら、作者たるもの、登場人物とのあいだには厳然と距離をとり、常に客観的な視線を保たなくてはいけないのだ。あらゆるゲームのレフリーがそうであるように。

そうでないと子供っぽい物語になってしまう。子供っぽいというか、甘ったるいというか。そして、昔私はいまよりもずっと容赦のない性質だったので、そんな風に甘ったるい物語はうんざりだ、と、けんもほろろに思ったものだった。

もっとも、そういう潔癖さを子供っぽいと形容するのなら、ポターの書くものはとても子供っぽいともいえるのだけれど。

ビアトリクス・ポターの本は何度もくり返してひらいた。くり返して読む、というよりもふとしたときになんとなくひらいている、という感じ。

まず、あの小ささがいい。手のなかにしっくりとおさまるし、すごく大事なものという気がする。

それからあの色。ひかえめにかわいたあかるさ、晴れた日の住宅地の色。ひさしぶりに本をひらいても、すぐにすうっと入れてしまうなつかしさがあると思う。勿《もち》論《ろん》、懐古趣味的ななつかしさのことではなく、もっと本質的な、生理的ななつかしさのことだ。ポターの本のなかというのは、住人たちが人間ではないにも拘《かか》わらず(だからこそ、というべきなのだが)、読む人が違和感なくいつでも散歩できる町なのだ。住人たちの方も、私たちストレンジャーを見てもおどろいたりしない。誰もが自然体なのだ。

そして、この小さな物語のなかに、なんとたくさんの人生が描かれていることか。この一連の絵本の最大の魅力は、その一点に尽きると思う。

たくさんの人生。

それはもう、そのへんの真面目《まじめ》ぶった小説など足元にもおよばないほどなのだ。たとえばこぶたのピグリン・ブランドの数奇な運命。商売に失敗してしまうジンジャーとピクルズや、彼らが店をたたむやいなや、自分の店の品物の値段をすべて半ペニーずつ上げてしまう——つけなど無論認めない——しっかり者のタビサ・トゥィチット。カルアシ・チミーとカルアシ・カアチャン、チピー・ハッキーとハッキーおくさんは、黄金色の秋の森を背景に、夫婦の機微を垣間《かいま》見せてくれるし、お父さんにおしおきをされるような、ほんの子供だったあのベンジャミン・バニーさえ、いとこのフロプシーと結婚して、たくさんの子供の父親になる。

そのどれもが、小さな町の小さな出来事として、あっさりと愉快に語られる。

まったくおどろくのは社会の存在だ。社会という曖昧《あいまい》な——それでいてひどく辛《しん》

『ピーターラビットのおはなし』『モペットちゃんのおはなし』
（以上２点、ビアトリクス・ポター＝作・絵／いしいももこ＝訳／福音館書店）

『ピーターラビットのおはなし』より

『「ジンジャーとピクルズや」のおはなし』より

『パイがふたつあったおはなし』『「ジンジャーとピクルズや」のおはなし』
（以上２点、ビアトリクス・ポター＝作・絵／いしいももこ＝訳／福音館書店）

辣《らつ》な――ものの存在を、これだけくっきりと、しかもあたりまえに絵本にする手腕には舌をまく。どの一冊をとっても、描かれているのはたぶん社会なのだ。結果として。何を物語るにしても決してクローズ・アップの手法をとらないポターのやり方が、物語におおらかさと風通しのよさを与えていると思う。そして、いうまでもなく、お話のきれいさと極上のデッサン力、それにほとんど神技のような石井桃子さんの翻訳が、この、見事に均整のとれた物語を支えている。

たくさんあるシリーズのなかで、私がいちばん好きなのは『モペットちゃんのおはなし』で、二ばんめは『パイがふたつあったおはなし』。どちらも文句なしに可《お》笑《か》しくて、登場人物がスーパーチャーミングだ。

ポターの本の特徴の一つに、お話の難易度の幅ひろさ、がある。『モペットちゃんのおはなし』や『こわいわるいうさぎのおはなし』のように、幼年童話（ジャンルなどどうでもいいことではあるのだが）と呼び得るものから、『「ジンジャーとピクルズや」のおはなし』や『パイがふたつあったおはなし』のように、文章量も多く、比較的年齢の高い子供から読む方がいいと思われるものまで実に自在に。

どちらもあきれるほど上手なポターだけれど、私は前者——小さいひとたちにも読めるくらいわかりやすくてやさしいもの——の方に、より一層目をみはる。

ここまでシンプルで完璧《かんぺき》な物語が書けるなんていやになる。

ポターの本は、本屋さんでは児童書売り場の片隅で、いかにもかわいらしくおとなしい顔をしているが、実はとんでもない本なのだと思う。その密《ひそ》やかな物語世界では、きょうも穏やかに晴れた空の下、様々な人生がくりひろげられている。

のびのびしたアメリカ

アメリカ古典絵本の世界へ

いちばん好きな絵本は何ですか、と、よく訊《き》かれる。なににせよ、いちばんを決めるというのは難しいことだ。そういうとき、私は『サリーのこけももつみ』とこたえることにしている。それがいちばん好きな絵本だから。

この本は、もう全部好き。

大きくて横長の判型も、白と紺の清潔な色あいも（それにしても、残念なのは岩波が、邦訳版の表紙の色をうすいクリーム色と紺から黄土色と黒に、本文の文字を紺から黄土色に、それぞれ変えてしまったことだ。到底信じられない。とくに本文に関しては、紺と白だけのすっきりした配色が、この本にとってどのくらい重要かわからないというのに）。余白の美しさというのを学んだのもこの本からだったように思う。きりっとした山の空気が伝わってくる。

マックロスキーの絵は線がとても闊達《かったつ》で、四人（二人と二匹）の登場人物の表情が、それはそれはいきいきとしている。画面の大きさ（ほとんどの頁《ページ》が見開きの形で使われている）と卓抜した構図とのせいで臨場感があり、澄んだ空気のせいか、音――サリーがこけももをバケツに入れる、ポリンポロンポルン、というやさしい音や、くまが茂みを揺らし、口いっぱいにほおばったこけももを、むしゃむしゃごくり、と食べる音――まできこえてくる。

そうして、そのもう全部好きなこの本のなかでも、とりわけ素晴らしくて飽きずに眺めてしまうのが見返しだ。やっぱり紺と白でかかれた、清潔で居心地のよさそうな台所。ディテイルまでこまかくかきこまれたその部屋の様子を、一体どのくらい見詰めたことか。

窓は二つ。どちらも開いていて弱い風が入り、窓の外にはなだらかな丘、その向うに隣家、さらにその向うには森。テーブルではお母さんがつくりたてのジャムをひろ口びんにつめている。その横でサリーは椅子《いす》の上に立ち、びんのふたをきっちり閉めるためのゴムの輪っか（今でこそポピュラーだが、これは昔私の目に、謎《なぞ》にみちてとても魅惑的な物体として映った）で遊んでいる。旧式のオーヴンの上ではお鍋《なべ》が二つことことと湯気をたてており、棚の上にはお砂糖の袋と大きなスプーン。あけっぱなしのひきだしの中の缶切りや、なぜだか窓枠に一つぽつんと置かれたミシン糸、テーブルの下に位置する壁の、プラグの差し込み口までよく憶《おぼ》えている。

この本に限らず、この時代の絵本の見返しは素敵だ。あかるい黄色を背景に、子犬が元気にとび跳ねているアンガスのシリーズや、グレーとピンクがしっとりして美しい『ちいさいおうち』、ユーモラスな顔のならんだ『シナの五にんきょうだい』。

そういえば、こどもの頃図書館で本を借りるとき、絵本ではなく読み物の場合でも、見返しは大切なポイントだった。洒落《しゃれ》ていて、饒舌《じょうぜつ》すぎず、しかもこれから始まる物語のおもしろさを十分に予感させる見返し。

好きな絵本について考えると、どうしてもこの時代——一九三〇年代から一九六〇年代くらい——のアメリカの絵本が中心になる。マックロスキー、マーシャ・ブラウン、マーガレット・ワイズ・ブラウン、ガァグ、エッツ、マージョリー・フラック、バージニア・リー・バートン。

申し分のない個性があつまっていながら、一つの時代の雰囲気というか共通のおおらかさがあって、一冊ずつ思いうかべるだけで楽しくなってくる。

のびのびしたアメリカ。

この時代のアメリカの作家たちにはある種の精神的健やかさがあって、みんなお行儀のいい生活習慣と同時にワイルドで自由な内面――心の野蛮さ――をあわせ持つことができていた。そしてそれはたぶん、お話の持つ力をきちんと信じる強さ、と関係があるのだろう。

これらの絵本はすべて――実際につくられたプロセスはともかくとして――、あたかも子供にせがまれて話してあげた物語であるかのようにみえるし、少なくともそういうときに話してあげるのにふさわしい――身近で、読み手が自分を主人公に重ねやすく、納得のいく結末が用意されている――つくりの物語になっている。

さらにそのお話が最大限にいかされる様、たしかなデッサン力と美しく抑制され

『サリーのこけももつみ』
（ロバート・マックロスキー＝文・絵／石井桃子＝訳／岩波書店）
『BLUEBERRIES FOR SAL』（ROBERT McCLOSKEY＝作／THE VIKING PRESS 社）

『BLUEBERRIES FOR SAL』本文（下）と見返しより

『アンガスとねこ』（マージョリー・フラック＝作・絵／瀬田貞二＝訳／福音館書店）
『ちいさいおうち』（バージニア・リー・バートン＝文・絵／いしいももこ＝訳／岩波書店）
『ぼくにげちゃうよ』（マーガレット・ワイズ・ブラウン＝文／クレメント・ハード＝絵／いわたみみ＝訳／ほるぷ出版）

『アンガスとねこ』見返しより

た色彩で、あるいはいっそ、実に豊かな白黒で(『もりのなか』などがそのいい例だ)、「絵本」に仕上げられている。大きさも形も色彩も、すべてが正確に計算された「絵本」。しかも、勿論《もちろん》それを作家自身が楽しんでやっているのだ。彼らのその幸福なプロ気質が私は大好きだし、またそれこそが、のびのびしたアメリカの絵本の原動力だったに違いない。

骨までしゃぶる

グスタフ・ドレの絵本によせて

はじめてみたのは『THE RIME OF THE ANCIENT MARINER』という本だった。唖然《あぜん》とした。その迫力、その真実さ。のみこまれる、という感じ。私はたぶんぽかんとした顔で、一頁ずつに見入っていたと思う。

その後『DANTE'S DIVINE COMEDY』をみて、『RABELAIS』をみて、『ARIOSTO'S "ORLANDO FURIOSO"』をみて、『BIBLE』をみたのだが、その度に私はまったくおなじようにぽかんとなってしまい、どの一冊も、まるではじめての一冊のようにはげしく特殊で衝撃的なのだった。

グスタフ・ドレのかく絵は、絵の外側にいる人と決して馴《な》れあいにならない。よそよそしいとかつめたいとかいう意味ではない。圧倒的で力強くて、外側の空気などはじめから知りもしないという絵、馴れあいになど死んでもならない絵だ。そうしてまさにそのことが、ドレを、神曲だのラブレーだの、果ては聖書だのまでを、絵本にできる唯一《ゆいいつ》の画家にしている。

絵本の原形なのだと思う。

絵で物語る、という意味において、これを絵本といわずして何をいう、という絵本中の絵本。だから骨までしゃぶれるおもしろさだ。隅々までとことん楽しめる。たとえば『ORLANDO FURIOSO』には、世にも珍奇な怪物がたくさんでてくる。龍《りゅう》みたいなの、とかげみたいなの、蜘蛛《くも》みたいなの。コウモリ人間や人喰い人間もいる。リアルで風変わりでグロテスク。不思議なほど見飽きない。

グロテスクといえば『DIVINE COMEDY』で、表紙だけでもたっぷり十分は見詰めてしまえる。どういうのかというと、黒く聳《そび》え立つ山々を背景に、暗い谷間に累々《るいるい》たる屍《しかばね》——正確にいうなら屍になりかけの人々。揃《そろ》いも揃って筋骨隆々とした裸体で、ある者はお腹を裂かれ、ある者は腕だけちぎれて地面におちている（地

『DANTE'S DIVINE COMEDY』『ARIOSTO' S "ORLANDO FURIOSO"』
『BIBLE』『RABELAIS』『THE RIME OF THE ANCIENT MARINER』
（以上５点、Gustave Doré＝作／DOVER 社）

『THE RIME OF THE ANCIENT MARINER』より

面に投げだされたまま、腕は、彼らのなかに立って悲嘆にくれている二人の人物――桂冠をいただき、すその長い服を着ている――のうちの一人の服のすそをしっかりとつかんでいる)。そして、岩の上に雄々しく立った裸体は首なしで、なんと自分の頭を自分の右手でむんずとつかんでつきだしているのだ。

この表紙の中で私がいちばん好きなのは空。山と山のあいだに少しみえているだけなのに、なんとも不穏な空なのだ。

中身もさらにおもしろい。木と人間と鳥のまざったような生き物たちのでてくる頁や、土煙をあげて地面にすいこまれていく人々の頁は、興味深くていつもくいいるように見詰めてしまう。

『RABELAIS』にでてくる巨人たちも素敵だ。十人もの人の頭上に君臨して泣く巨大な赤ん坊、ノートルダム寺院を抱えるようにして立った、ぽってりと大きな――でもそれはそれは美しい感じの――女の人や、フォークの先にひょいっとさした人間を、サラダと一緒に食べてしまう男の人のしずかな横顔。みていると、なんだかしみじみ胸が一杯になる。

こんな風に書いているときりがないのだが、ドレの絵の何がいちばんそんなにも素晴らしいのかといえば、それはもう断然風景——というか空気——なのだった。たとえば『THE RIME OF THE ANCIENT MARINER』の、荒れた海の迫力、しずかな海の上の星空の美しさ。霧と雪にかすむ船の舳先《へさき》。たとえば『BIBLE』の、荒涼とした土地、壊れそうな神殿。町も森も部屋のなかも。

光と闇《やみ》、喧噪《けんそう》と静寂、そこに流れている時間。そんなものまでドレは紙に封じ込めてしまう。どの本のどの頁をとっても、ものすごく広くて遠い、特別な空間だ。どれほど突飛な怪物も天使も、そこでならちっとも窮屈そうじゃない。それは臨場感などというものではない。真実さだと思う。物語の持つ揺るぎない真実さ。だからこそ、どの本をひらいても、まちがえてのぞいてしまったとでもいうような気にさせられる。こちら側とは全然別の、もう一つの壮大な流れ。

最後に説明しておくと、五冊のうち四冊は一般的にいう「絵本」ではない。それぞれのタイトルの前に、「DORÉ'S ILLUSTRATIONS FOR」という言葉がついているのだ。つまり壮大な物語の場面場面を絵にしたもので、そばに簡単なキャプションがついている。

無論どれも文学史上きわめて重要な物語なのだし、内容を知っていればそれにこしたことはないのだろうけれど、あいにく私は全然知らない。それはそれでぞくぞくする、と思っている。ガイドなしで、その場所にいくようなものだからだ。第一、唯一きちんと物語の形式をとっている『THE RIME OF THE ANCIENT MARINER』だって、詩である上に言葉が古めかしくて、どの程度わかったのだか我ながら怪しかったりする。

正直なところ、ストーリーはそんなに問題じゃないのだ。骨までしゃぶるお肉料理と一緒。丹念に眺めているうちに、実に豊かに満腹になる。

悦《よろこ》びのディテイル

ピーター・スピアーの絵本によせて

まったく、ピーター・スピアーにはうならされる。身のまわりの音ばかりをあつめた絵本『ばしん！　ばん！　どかん！』――音の洪水のような本。それはそれは賑《にぎ》やかで、文句なしに愉快な気持ちになってしまう――をかいたかと思えば、旧約聖書の創世記を題材にした『ノアのはこ船』――これも賑やかな本だ。動物たちの船旅の様子がこまごまと描かれて、そこには温かな希望がみちている――をかき、『せかいのひとびと』で合衆国憲法の理念を絵本にしたかと思うと、『きつねのとうさんごちそうとった』ではニューイングランドのわらべ唄《うた》を、目をみはるほど簡潔で美しい絵本にしてしまう。私はこの絵本の晴朗な空気と動物たちの表情、豊かな生活感と幸福な結末が好きでときどきひっぱり出して読む。たくさんとったぞ、ぼくは、のところと、まってた、まってた、とうちゃん、のところはとくにうれしくなって、つい声にだして読んでしまう。リズミカルな言葉といきいきした絵、そうしてなんといっても美しい、あかるい月夜の田園風景！

スピアーの絵本に共通していえるのは、まず悦びのディテイルの濃《こま》やかさ、それから決してセンチメンタルではない詩情だと思う。

『きつねのとうさんごちそうとった』のなかの、かもやあひるががぶりとくわえられる場面、大慌《おおあわ》てで逃げる鳥たちの必死の形相——惨事である。実際、この頁は迫力があって、ひらくと同時にたくさんの羽音がわきあがるような気がする——とはうらはらに、きつねのとうさんは子犬のように無邪気でうれしそうな様子に描かれている。彼は、ごちそうたちがさわいでもお構いなしに、あたたかいほらあなへまっしぐらにはしる。はしるはしるはしる。月の光に照らされて。

暖炉の燃えるあたたかいほらあなで、たくさんの子ぎつねとやさしげなお母さんぎつねに見守られながら、たちまち毛をむしられる鳥たちの姿は悦びのディテイルそのものだし、最後の頁——みんなで骨まで食べた結果としての、羽根だけがつまった裏口のゴミバケツ——にはしずかで美しい詩情が溢《あふ》れている。

世の中は元来詩情に溢れているのだ、ということを、スピアーは思いださせてくれる。いつでも。

『雨、あめ』や『クリスマスだいすき』、『サーカス！』などが端的な例で、私はスピアーほど上手に都市生活者の悦びを絵本にできる作家もいないと思っているのだけれど、その手腕も、世の中は元来詩的なものである、という確信犯的視点から生まれるものだろう。

スピアーのやり方は徹底している。雨とかクリスマスとかサーカスとか、日常のなかの一つの「特別」をとりあげて、それをめぐるあらゆるディテイルを丁寧に積みあげる。

たとえば、『クリスマスだいすき』は見開きいっぱいの、クリスマスシーズンのショッピングモールから始まる。これから起こるいくつものたのしい出来事の、予感にいやでも胸がおどる。飾りつけられた家々とあかりの灯《とも》った窓、その家々に降

『ばしん！ばん！どかん！』（ピーター・スピア＝作／わたなべしげお＝訳／冨山房）
『きつねのとうさん　ごちそうとった』（ニューイングランド民謡／
ピーター・スピアー＝絵／松川真弓＝訳／評論社）
『ノアのはこ船』（旧約聖書／ピーター・スピアー＝絵／松川真弓＝訳／評論社）

『きつねのとうさん　ごちそうとった』より

『クリスマスだいすき』（ピーター・スピア＝作／講談社）
『雨、あめ』（ピーター・スピアー＝作／評論社）
『サーカス！』（ピーター・スピア＝絵／ほづみたもつ＝訳／福音館書店）

『雨、あめ』より

『サーカス！』見返しより

るしずかな雪、道、青白い空気。家族。贈り物を届けにいく子供たちの後ろ姿、雪の上の足跡。人のいない部屋のうすあかり、そこに立っているクリスマスツリー。そして、すべてがすんだあと、おもてに捨てられた残骸《ざんがい》に降るつめたい雨。たとえば『サーカス！』の、始めと終りのそれぞれの見返し（それだけで、私はこの本を好きだと断言できる）。

たとえば『雨、あめ』の、傘をうつ雨の手ごたえ、雨どいから流れおちる水。雨の音や匂《にお》いや風景や、濡《ぬ》れることの快感や水の感触。そして——ここから先がスピアーの面目躍如なのだけれど——おもてでたっぷり雨を堪能して家に帰ったあと、濡れた服をぬいではいるお風呂《ふろ》の湯気、さっぱりと乾いた服を着る気持ち、雨の日の、部屋のなかの雰囲気とそこで遊ぶときの時間の流れ方。あたたかいダイニングでの夕食と、夜になって窓からみる道路の雨——。

ひたすらディテイルである。ときには漫画のようにこまかく一頁を区切って、ときには見開きいっぱいに、スピアーはそのリアルで幸福なディテイルをぎっしり積み重ねる。レイモンド・カーヴァーの短編に「ささやかだけれど役に立つこと」というのがあるけれど、スピアーのかくものはまさにそれなのだと思う。そして、それらのささやかなものたちによって、読者は忽然《こつぜん》と気づかされる。詩情というのはリアリティのなかに存在するのだ。

都市生活者の悦び。

まちのねずみを自負している私にとって、それはもううれしくて親しい絵本なのである。

素朴と洗練、それから調和

まりーちゃんの絵本によせて

素朴な絵本、といわれてまず思いうかぶのはまりーちゃんだ。岩波の子どもの本の、『まりーちゃんとひつじ』と『まりーちゃんのくりすます』。

やさしくてあかるい色彩の、ちょっととぼけた美しい絵、シンプルなストーリーと、くり返しの続くやわらかな文章（まりーちゃん、ぱたぽん、までろん、といった名前だけでもすてきに心地いい響きだ）。ひねりすぎない物語は心にすんなり浸透するし、変にかきこまない絵はとても納得がいく。両方があいまって、読む者のなかに、とても正しい形で納まると思う。節度ある絵本だ。天地207㎜×左右164㎜という小さな判型のせいもある。

まりーちゃんのくりすます
岩波の子ど
まりーちゃんとひつじ
岩波の子どもの本

『まりーちゃんのくりすます』『まりーちゃんとひつじ』
（フランソワーズ＝文・絵／与田準一＝訳／岩波書店）

「はたぽん。」
まりーちゃんは　いいます。
「さんたくろーすは　たぶん、
あたらしい、おにんぎょうを　のせる
くるまを　もってきてくれるわ。
そしたら　はたぽん、
おまえが　おにんぎょうに　なるのよ。
たのしいわ、たのしいわ。
むらの　なかを　くるまを　おして
まわれるもの。」

『まりーちゃんのくりすます』より

作者のフランソワーズを、私はこの本でしか知らないのだけれど、文・絵フランソワーズ、という、ファーストネームのみのそっけない表記は、この本の印象の一部になっている。ディテイルは不明だけれど、それだけで十分、といった感じ。まったくどこにも過不足がない。本のなかはうららかで、なにもかも揺るぎなく調和しているのだ。『まりーちゃんとひつじ』は本全体があたたかな春の空気にみちているし、『まりーちゃんのくりすます』はつつましい、でもとても心愉《たの》しい降誕祭の気分にみちている。絵本において、調和というのはものすごく美しいことだと私は思う。

お話をひっぱっているのはまりーちゃんだ。ひつじのぱたぽんが子どもをたくさん生んだときのことをあれこれ想像し、物語を膨らませるのはまりーちゃんだし、生まれた子羊がたった一匹だとわかったとき、ぱたぽんががっかりすると気の毒なので「とってもうれしそうにして」いたのもまりーちゃんだ。クリスマスプレゼントをたくさん思い描いて物語をすすめていくのもまりーちゃんだし、ぱたぽんに小さな木のくつを買ってあげるのもまりーちゃんで、まりーちゃんの素朴な気持ちと行動が、お話の原動力になっているところが、主人公の輪郭がくっきりみえているところが、またこのお話の魅力なのだ。

冒頭に素朴と書いたけれど、それはそのまま洗練と置きかえることもできる。まりーちゃんの絵本のすごいところはそこで、私が国語辞典をあてにならないと感じるのもそこだ。元来正反対の意味をもつはずの二つの言葉が涼しい顔で一つのものをさしたりする。両方が同居している、のではなく、二つが同義語になってしまうのだ。

おなじことだが、まりーちゃんの本には詩情が横溢《おういつ》している。それも、涸《か》れない泉みたいに安定して横溢しており、詩情と安定も、普通めったに相容《い》れない。きわめて素朴ですなわち洗練されていて、見事なまでに調和していて詩的なのだから、まりーちゃんの絵本は怖いものなしだ。

ところで、『まりーちゃんとひつじ』にはもう一つ別のお話が収められていて、『まりーちゃんのはる』という題なのだけれど、私はこのなかで、まりーちゃんとぱたぽんがかなしくなる場面の描写にいつもびっくりする。というのも、そうしょっちゅう読み返すわけではないので読む時にはいつも忘れていて、ふいにその描写にでくわしてしまうからなのだけれど、いなくなったあひるのまでろんを探している場面で、

まりーちゃんとぱたぽんは、
かわっぷちのみち、いきました。
とぼとぼあるいていきました。
ふたりはかなしくなったのです。
とってもかなしくなったのです。
「ぱたぽん。」と、
まりーちゃんがいいました。
「もしかしたら、
もう、うみのほうまでいっちゃったんだわ、
ぱたぽん。」

という風にかかれている。みどりののはらやさらさら流れる小川、のどかであたたかな春の日の、たのしい散歩のさいちゅうのできごとだ。風景は依然としてのどかであたたかなのに、二人の気持ちがすっと沈んでしまう瞬間が、こちらにもすっと寒いみたいに伝わってくる。

それから、どちらの本のなかでも、動物たちはまりーちゃんにですます調の丁寧な言葉を使って話す。私はその距離感が好きだ。みんなとても仲がいいけれど、それぞれ独立していてお互いを無論尊重している。絵本と子供を結びつける必要はべつにないけれど、私はまりーちゃんの本を読むたびに、この本が子供たちに愛されているのは当然だ、という気がする。

単純に美しいということ

ディック・ブルーナの絵本によせて

端正、という言葉を知ったのはだいぶ大きくなってからだけれど、言葉を知るよりずっと以前に、私は端正を知っていた。ブルーナの絵本だ。

そのキャッチコピーどおり、私にとってブルーナは、正真正銘「はじめてであう絵本」だった。はじめて出会ってくり返し読み、ぼろぼろにした本。かどは例外なくつぶれ、背表紙の布はすり切れ、ものによっては綴《と》じてある糸が切れて、表紙から中身がはずれてしまっている。奥付を見ると、どれも一九六五年の五刷(あるいは六刷)版である。中扉の反対側の「なまえ」の欄には、クレヨンでかかれたたどたどしい記号のような文字がおどっている。そんなふうなので、どうも私はブルーナの絵本について客観的に語ることができないのだけれど、しかし考えてみれば、私はいまだかつて一度も、客観的に物を言ったことなどなかったのだった。

あまりにもたびたび読んだり読んでもらったりしたので、文章の部分部分はいまでもそらで言える。『ちいさなうさこちゃん』のなかの、「ふわおくさんの　かいものは　さやえんどうに　おいしいなし。えんどうはおくさんが　たべるため　なしは　ふわふわさんに　あげるため」という部分など、さやえんどうや洋梨を食べるたびに必ず言う（ちなみに母も言う）ので、そばにいる人が変な顔をするほどだ。『ようちえん』にでてくる子供たちの名前も忘れられない。べーてちゃんにあーはちゃん、かーれちゃんにさーるちゃん、それからけーしぇ・こーるちゃん。ひらがなでかかれたそれらの名前のさっぱりして心地よい響きと、不思議な親近感。

小さな子供だった頃、たしかに私はこれらの本を愛していたのだ。

たとえばうさこちゃんの本を四冊ならべてみれば、その明晰《めいせき》でいきいきした美しさはすぐにわかる。大きさと形、表紙の色彩。表紙のデザインは四冊とも一緒で、右半分いっぱいに、直立したうさこちゃん（それぞれの季節にあった服装をしている)、左上に書名、左下に作者と訳者の名前が、いずれも墨文字で横書きにされている。墨文字の黒は無論うさこちゃんの輪郭とおなじだ。特筆すべきは左端で、背表紙の布が1.5㎝くらいの幅で入っている。この細い帯状の布が実に実に美しいのだ。全体をきりっとひきしめている。『ちいさなうさこちゃん』の表紙は青で、背表紙の帯はしぶい赤(うさこちゃんの服はそれよりも軽い朱がかかった赤)だし、『うさこちゃんとどうぶつえん』は鮮やかなきみどり色の表紙に玉子色の背表紙帯、まっしろなうさこちゃんが着ているのはレモンイエローのワンピースだ。さらに印象的なのは『ゆきのひのうさこちゃん』で、真白な表紙に濃紺の背表紙帯、うさこちゃんは青いオーバーを着て、赤い帽子と襟巻とながぐつをつけ、まさに雪の日の清潔なあかるさの中に立っている。眺めれば眺めるほどきっぱりと美しいのだ。

それは中身もおなじことで、どの本のどの頁《ページ》も間違いなく美しく、明晰でいきいきしている。おもしろいのはこの「いきいき」だ。ブルーナの絵本の登場人物は、顔かたちも表情も動作も、「躍動感」という意味では決していきいきしていない。『ようちえん』や『びーんちゃんとふぃーんちゃん』など、人間のでてくるものな

ちいさな
うさこちゃん
うさこちゃん
と
うみ

『ちいさなうさこちゃん』『うさこちゃんとうみ』
（ディック・ブルーナ＝文・絵／石井桃子＝訳／福音館書店）

それから　まもなく　ほんとうに
かわいい　あかちゃんが　うまれました。
ふわおくさんたちは　あかちゃんに
うさこちゃんと　なを　つけました。

『ちいさなうさこちゃん』より

らまだしも(歌ったり微笑《ほほえ》んだりする)、動物が主人公のもの——たいていそうなのだが——になると、彼らはまずにこりともしない。ことにうさこちゃん一家は口が×とか⋇とかの形なので無表情だ。そうしてそれにもかかわらず、どの本も例外なくいきいきして、読みはじめると読者はたちまちことりやさかなやうさこちゃんになってしまうのだ。

徹底して感傷を排したテキストもすごい。簡潔で、リズミカルで、それでいて日本語のふくよかさや豊かさのある文章。その、なんともいえないおかしみ。単純というのはある種神々しいことなのだ。

ブルーナの絵本は特別だ。

特別、というのがどういうことかというと、たぶん喜びの質、のようなものの話なのだと思う。たいていの場合、いい映画をみたりおもしろい本を読んだりしたときの幸福は、それが「余分」であることと関係がある。「余分」だからこそ刹那《せつな》的に美しいのだし、「余分」だからこそ魂にとって絶対的に幸福なのだ。

ブルーナの絵本の喜びは、それとは決定的に違うと思う。たとえば、街を歩いていてふいに雪が降ってきたときの喜びや、寒々しい枝に、その年最初の梅のつぼみをみつけたときの喜びに似ている。おおげさな言い方になってしまうけれど、人間の本質的な欲求にかなう喜びなのだと思う。「余分」ではなく「必然」。そして、複雑な要素のなにもないことの気持ちよさ！

美しさとかたのしさとかいうものは、本来わかりやすいものなのだ、ということを、ブルーナを読むと思いだす。

外国のいぬ

アンガスとプレッツェル、ハリーの絵本によせて

ヨーロッパやアメリカを旅行すると、いつも見惚《みと》れるものがある。街の犬だ。犬の美しさや格好よさ、街との調和もさることながら、その躾《しつけ》のよさにはその都度いちいち感心してしまう。犬を連れて入っても構わないカフェが多いし、実際、カフェ(や、あるいは小さなレストラン)のテーブルの脚元で、犬達はそれぞれそれはそれは大人しく従順に、伏せの姿勢で待っている。賢いのだ。

ひきくらべてたとえばうちの犬などは、家族総がかりで甘やかした結果にふさわしく、臆病《おくびょう》でわがままで礼儀知らずで、はっきりいってとてもおばかだ。カフェはおろか獣医さんのところに連れていくのさえ、なだめたりすかしたりして大変なの

だ。

勿論《もちろん》私も家族も、「お前はほんとにおばかだねえ」と言ってはその小さなものを抱きしめて相好を崩し、「おばかでおばかで困ります」と言ってはその小さくてまるく温かい頭蓋骨《ずがいこつ》にキスの雨を降らせたりしているわけだけれど、たまに外国にでかけると、街のそこここにいる美しくも賢い犬たちに、つい目を奪われてしまうのだ。

不思議なことに、物語のなかでは逆らしい。里見八犬伝や忠犬ハチ公に代表されるように、この国で犬といえば賢くて忠実で義理がたく、なんとなく自己犠牲的な動物として描かれることが多い。善良で役に立つ動物。花さかじいさんの犬も桃太郎の犬も、南極に行ったタロとジロも。

そういう日本の物語にでてくる犬を、私はあまり好きではなかった。かなしい気持ちになるからだ。犬たちは大抵ひどいめにあうし、最後には往々にして死んでしまう。彼らは不幸の匂いがした。

私の考えでは、状況の如何《いかん》にかかわらず、不幸より幸福の方がいいに決まっている。アンガスやプレッツェル、それにハリーの活躍する絵本のように。

絵本のなかで、彼らはみんなたのしそうだ。第一幸福の匂いがする。けっこうおばかなのに。

アンガスもプレッツェルもハリーも、世間の物事を知らず、それでいていっぱしに独立した自我と好奇心を持っていて、たっぷりの愛情に包まれている。つまり、外国の絵本のなかで、犬は小さな子供とおなじであるらしい。

ともに快活でユーモラスで表情豊かなこの三匹の犬のなかでも、私の気に入りは断然アンガスだ。ハリーと違って飼い主がでてこないところ、プレッツェルほど勇敢じゃないところが魅力なのだ。

アンガスの絵本は邦訳されているものが三冊あり、どれもおもしろいけれど、私は『アンガスとあひる』がいちばん好きだ。最後がいいの。すごくシンパシィを感じる。「とけいのきざむ、いち、に、さんぷんかん」というところは読むたびに一緒にどきどきするし、そのときのアンガスの顔といったらもう傑作なのだ。マージョリー・フラックという人は、動物を観察する目がものすごく確かだ。犬だけじゃなく猫もあひるも、ほんとうに実物大の存在感がある。動作・態度・表情・思考、どれをとってもあひるにはあひるの流儀があるし、猫には猫の流儀がある。

さらに、私がアンガスの絵本を好きなもう一つの理由は色だ。黄色と緑と水色、それからオレンジ。この時代の絵本によくあるように、色つきの絵と白黒の絵が、一頁ずつ交互になっている。そのめりはりというかリズムのようなもの、日ざしを描かせてあんなに美しい画家は他にはいないと思う。たとえば『アンガスとあひる』のなかの、生け垣のそばを散歩する場面や、柳の木の下で背のびをして水をのむ場面。溢《あふ》れる日ざし、揺れる木もれ日——。

納得したのは『まいごのアンガス』だ。これは、ある日おもてにしのびでたアンガスが、好奇心にまかせて走りまわっているうちに日が暮れて、迷子になってしまう話なのだけれど、ホースケホー！というふくろうの声におどろいて、アンガスが慌《あわ》てて家に帰ろうとする頁——迷子になったとわかる頁——の、あたりの風景のなんていうよそよそしさ、不安をかきたてるような夕闇《ゆうやみ》の濃さ。アンガスのいる場所にいつも溢れていた日ざし、なつかしく親しい黄色と緑とオレンジをとり去ってし

『まいごのアンガス』『アンガスとあひる』
（以上２点、マージョリー・フラック＝作・絵／瀬田貞二＝訳／福音館書店）

『どうながのプレッツェル』（マーグレット・レイ＝文／H・A・レイ＝絵／
わたなべしげお＝訳／福音館書店）
『どろんこハリー』（ジーン・ジオン＝文／マーガレット・ブロイ・グレアム＝絵／
わたなべしげお＝訳／福音館書店）

『アンガスとあひる』より

『どうながのプレッツェル』より

まうことで、フラックは読者をアンガス同様たちまち一人ぼっちの気持ちにさせる。そうして私たちは気づくのだ。アンガスの絵本を満たしているあかるい色彩は、実にまったく幸福の象徴だと。

　物語の最後、無事うちに帰りついた場面の文章はこうだ。「いっけん、いっけんまわって、とうとう　アンガスは　うちに　たどりつきました！　アンガスは　おなじみのにわ、おなじみの　ねこに　あえたのが　うれしくてなりませんでした」アンガスの本もプレッツェルの本もハリーの本も、いうまでもなく最後はいつも、安心であかるいハッピーエンディングだ。

現実のお茶の時間

『レナレナ』によせて

好きな絵本について書く、となると、どうしても少し古い本が中心になってしまう。それは私の好みにもよるし、少し古い時代にきわめて美しい絵本がたくさん出版されているという明白な事実にもよるのだけれど、もう一つ、ただの不勉強にも無論よる。

新しい本のなかにもおもしろいものはあるのだと、たとえば『レナレナ』のような絵本をみると思う。不勉強を反省する気はさらさらないが、おもしろい本がもっとあるのに知らないのだ、と思うとしゃくにさわらないこともない。

数年前にはじめて『レナレナ』をみたときには目をみはった。淡々とした語り口のばかばかしさ、絵のもつ妙なリアリティ、前半十六こま、後半八こまに区切られた、それぞれの頁ごとの色彩のまとまり。

いちばん惹《ひ》かれるのは、これが日常生活の再構成だということ。レナレナという名前の、やせっぽちでいま風な女の子の身辺雑記として、物語は微風にそよぐ草くらいにわずかに動く。そのときに垣間《かいま》みえるニュアンス。

日常生活の再構成、というのは視線の問題だ。このあいだ、テレビで所ジョージさんが「毎日おなじことのくり返しだって言ってぼやくひとが多いけれど、俺にはそれはわからないね。だって毎日絶対違う日だもん。こうやって（と、布団《ふとん》から起きあがる格好をして）朝起きたら、それはもう絶対新しい、未知の一日なんだから、わくわくしちゃうね、俺なんか」

と言っているのをみたけれど、ちょうどそういうこと。ある種客観的な視線を持つことで、見慣れたはずの物語はほんとうに新鮮な——場合によっては奇妙とさえいえる——様相を呈する。

たとえば。

『レナレナ』
(ハリエット・ヴァン・レーク＝作／野坂悦子＝訳／リブロポート)

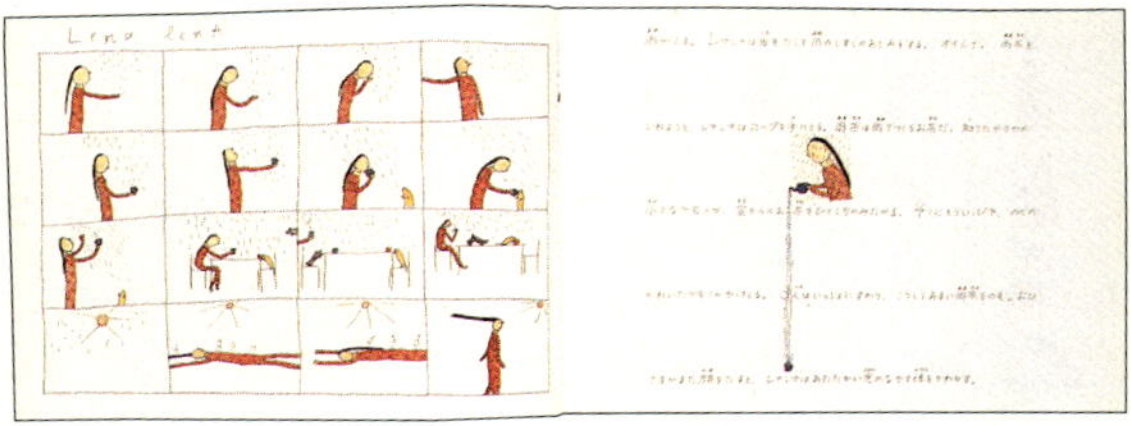

はだかで泳ぎまわるときの、体の横（や指のあいだ、足の内側）を水が直接通りすぎていく感じ、そのあとそのまま草の上にねそべる気持ち。ゆで玉子を食べるときの、「なにかとくべつ」な感じ、チョコレートを食べすぎたときのちょっとした後悔と、おなかの容積が実感できるかのような端的な不快感。

あるいはたとえばガムの楽しみ方。手でつまんで口からひっぱりだし、長いひも状にのばしたり、まるめたガムをおなかや胸にくっつけてみたり。あげくのはてに、レナレナは味のなくなったガムをだしてコップの水にいれておく。翌日それが「まるであたらしいガムのように」、またかたくなっているように。

私は、この徹底したガムの楽しみ方にびっくりし、しばらくその頁から目がはなせなくなってしまった。どういえばいいのだろう。やってみたいと思ったわけでは決してないのだけれど、いつかやってみてしまうかもしれない、と思う感じ。つまり、頭のなかに強烈にインプットされてしまったのだ。

この絵本のなかで私が好きだと思うのは、全体に流れている時間の密度のうすさ、空気の希薄さといったもので、それがこの絵本を開放的にしている。説明しすぎないところがいいのだ。作者といえども登場人物のプライヴァシーは尊重した方がいい場合もある、と、私は思う。

たとえば「小さなケモノ」が二匹、雨のお茶をのみにくる場面があるけれど、この二匹の正体は不明だ。一匹はもぐらのようにもみえるし、あしかのようにもみえる。もう一匹はさらにわからないが、しいていえば犬に似ている。もしかするといたちかもしれない。

小箱にいれておく「ネズミのオニモツ」にしてもそうだ。中身が一体なんなのか、最後までわからない。

あれは誰でこれは何、と、すべてわかってしまうのはいかがわしいことなのだ。『レナレナ』という絵本の不思議な健全さは、たぶんこういうところからきているのだと思う。あっさりした色鉛筆の色彩もきれい。

私にとって『レナレナ』は、現実のお茶の時間、とでもいうべき絵本だ。身近で、わかりやすくて、時間がすこしだけとどこおる。

作者のハリエット・ヴァン・レークはオランダの作家で、最近は人形劇の活動にも力を入れているらしい。『レナレナ』のほかに、『Het berg je spek』という未邦訳の絵本があるけれど、『レナレナ』の方がいい。

曇天の重み

『ブリキの音符』によせて

どの絵もどの絵も本のなかじゅう曇天なので、とても安心して入っていける。曇天といっても必ずしも文字通りの曇り空ではなく、数枚の絵の空は青くて日がさしてさえいるし、星のまたたく夜空の絵もある。だいいち、室内の絵も多い。それでも、ささめやさんの絵はいつも、空気がしっとりした曇天なのだ。その質感や温度は、一人一人の心のなかの感じに近いのではないかと思う。だから、本をひらくと心のなかと地つづきの場所だという気がするのだ。

曇天の下では、あらゆる事物のかたちや重さが正しく保たれている。言葉も発せられたときのまま、そこにそのままとどまっている。薄れたり濃くなったり、縮んだり膨らんだりは決してしない。真空パックみたいだ。

そこでは、言葉の粒のひとつひとつが、小さな音をこぼして控えめに存在している。

「彼女はやって来る、ここへ。みじんこや魚やとかげの形をとおりぬけて、ひとの形に生まれて。百日ぜきと、やけどと幾つもの忘れてしまいたいことをとおりぬけて」

で始まる「生きている時間」、

「ミルクと水の次に口にしたものはなんだったろう。夏のまん中に生まれたから、西瓜《すいか》か桃をつぶした露だろうか。ひとさじひとさじスプーンにのせて」

で始まる「つめたいお皿」、

「思っていることを、ひとにつたえられるなんて思っていないんだ。ひとりひとりは、ひとつひとつの閉じたひふに包まれていて、ぼくのうけた傷にはぼくの血があふれる」

で始まる「もう少しここに」。

片山令子さんの言葉の媚《こ》びない美しさには、いつもほんとうにはっとする。詩というのは文章の形態ではなく、あるとき言葉が備えてしまう性質なのだ。そうして、そうなったときはじめて言葉は音符になる。

浄化作用があるのは姿勢のせいかもしれないと思う。片山さんの文章はとてもポジティヴで、全体として一つの方向に、ゆったりとした流れでむかっている。一人一人はひとつひとつ別々の「水の粒」だけれど、世界は魔法に満ちている。耳をすませばたくさんの与えられた記憶、愛された記憶。世界全部が、一つの美しいしらべとして本のなかに閉じこめられているのだ。その調和、その充足。

とりわけ好きな絵がある。「呼吸のしかた」、「つめたいお皿」、「水の粒たち」、それから「小鳥がおしえてくれたこと」。画集のように眺めている。カヴァーをはずしたときのつるつるの表紙の、小豆色というかチョコレート色というか、なつかしくてとろっとした色も好きだ。

頁をめくるごとに文章と絵とが交互にあらわれて、それはちょうど舞台をみているような感じなのだけれど、私はそこで、ああそうかと思う。センダックの、『ふ

ふふん へへへん ぽん！』の舞台、犬のジェニーが「しゅえんじょゆう」になるあの奇妙な一座。この本の舞台はあれとよく似ている。向う側の人々が照射してみせてくれる「生」なのだ。二冊ともおなじ空気——曇天の重み——に蓋《おお》われているのもそれで納得がいく。心のなかと地つづきなのも、不思議に安心して入っていけるのも。

冒頭の詩は「美しいたつまき」。

「歌がおこした風のために、からだの中にたつまきが生まれ、わたしは二十才少し前のわたしにもどっていた。歩きながら考え、移動しながら眠り、少しも同じ所にはとどまっていなかったあの頃」

というふうに始まって、

「過ぎ去った日と、ひとは言うけれど、過ぎ去った日の歌はわたしの中で勢いよくまわり、水をふくんで銀色にひかり、やがてその水をばらまき始めた。

美しいたつまき。歌のしぶきが、からだの内側を打つ音がする」

というふうにおわる。

『ブリキの音符』（片山令子＝文／ささめやゆき＝絵／白泉社）

『ブリキの音符』を読んでいると、たとえば音楽のなかだけに生息する詩――言葉ではつくり得ない――があるのと同様に、絵や言葉でしか奏《かな》でられない音楽――実際の音ではどうしたって表現不可能――もあるのだとよくわかる。具象を持ち得ないもの、というのかしら。一人一人の心のなかにあるもの、遠くて近いその場所。

ちなみに、表紙および「美しいたつまき」の絵のなかで、女のひとがうたっているフランス語は、私たちは三人のきまぐれもの、というような意味だそう。うふふ、と思ってしまうではないか。

護《まも》られて在るということ
マーガレット・ワイズ・ブラウンの絵本によせて

子供のころ好きだった絵本に、マーガレット・ワイズ・ブラウン文、ジャン・シャロー絵の『おやすみなさいのほん』がある。しっとりして美しい色彩の、独特の量感と質感の絵、しずかにくり返される、簡潔でしみじみとやさしい――そして豊かな――文章。

子供のころ、私は冒険に憧《あこが》れていた。たとえばある日家出をし、波瀾万丈《はらんばんじょう》の旅をする。未知の場所、未知の人、未知の生活。いくつもの国を通りすぎ、いくつもの言葉を喋《しゃべ》れるようになり、いくつもの出会いを出会って美しくて賢くて勇敢なひとになりたい、と思っていた。この、美しくて賢くて勇敢なひと、というのは昔話にでてくる「おきさきさま」をイメージしていたように思う。お姫さまより毅然《きぜん》としていて断然かっこうがよかった。

しかし、実際の私はひどく臆病《おくびょう》で、家出どころか遠出ひとつできずにうちのなかにばかりいた。勇敢どころかおてんばですらなく、「安心」ということを深く愛していた。

クレメント・ハードの描く子うさぎには、だから親近感を抱かずにはいられない。「ぼくにげちゃうよ」と言いながら、最後にはちゃんと母親うさぎの腕の中にいるうさぎ、自分の部屋の自分のベッド、自分のふとんにくるまって、気持ちよさそうに眠りにおちていくうさぎ。

ワイズ・ブラウンの絵本は、まさに「安心」そのものだ。読むことで心がしずかに落ち着くし、温かくて栄養のあるもので満たされる気がする。『おやすみなさいおつきさま』のプライヴェートさ（自分の居場所が必要なのは、子供も大人も、人間もうさぎもきっとおんなじだ）、『ぼくにげちゃうよ』の愛情の深さ（そして絶望的なかなしさ）、誰かに必要とされているということ、『おやすみなさいのほん』の持つ、圧倒的な鎮静作用。どれをとっても「安心」に結びつく。

では安心とはなにか。

魂の帰る場所がある、ということだと私は思う。それが、『ぼくにげちゃうよ』ではおかあさんの胸であり、『おやすみなさい　おつきさま』では居心地のいい自分の部屋であり、『おやすみなさいのほん』ではそれよりももっと大きなもの――この世のすべてを見守ってくれるもの――なのだ。

魂の帰る場所がある、というのはどこにいても護られて在る、ということで、そう思ったとき、私は『おやすみなさいのほん』のなかの、天使のやけに大きな手を思いださずにいられない。

ワイズ・ブラウンの文章には無駄がなく、絵本の言葉にふさわしい洗練をされていて、とても詩的だ。

たとえば、『おやすみなさい　おつきさま』は全編かろやかに韻をふんでいるし、くしやブラシやおかゆにおやすみなさいを言うのとおなじ正確さで、「よぞら」や「そこここできこえるおとたち」におやすみを言う小さなうさぎの視線を通し、読者はこの世が祝福された場所であることを思いだす。絵のなかのくまにおやすみを言うときの、子うさぎの小さな背中。

また、彼女の文章は視覚的インパクトも十分で、あかいふうせんのあるみどりの部屋、という出だしだけでもまったく斬新《ざんしん》だ。そうして勿論《もちろん》クレメント・ハードのインパクト十二分の絵！

こういうのをみると、センスというのは天性のものなのだなあと思う。凡人には決して御せない色彩だ。うさぎの部屋のベッドサイドに、虎の皮の敷き物がしいてあったりするのもおかしいし、枕元《まくらもと》の電気スタンドのつくる、いっぷう変わった陰影もすてきだ。はじめからおわりまで変わらずに燃えている暖炉の火も印象的で、すっかり暗くなった最後の頁《ページ》では、薪《まき》のはぜる音や炎の匂《にお》いが部屋じゅうにみちている。

『おやすみなさい　おつきさま』がずっと一つの部屋のなかで展開していくのに対して、『ぼくにげちゃうよ』はそとへ、そとへ、それはもう大胆に場面が展開されていく。文章の頁と見開きの絵の頁が交互になっていて、頁をめくるたびに二匹のうさぎは、とっぴょうしもない場所にいる。山や、川や、海や、野原や。そうしてそのきわめて雄大な景色が、小さな本のなかにすっぽりとおさまっている。幻想的でありながら、感触はとてもリアルな絵だ。

蛇足ながらつけ加えると、表紙の青は原書では空気感のあるすみれ色で、草はらにおりてきた夕闇《ゆうやみ》の、なんともいえない手ざわりがする。

クレメント・ハードといいジャン・シャローといい、ワイズ・ブラウンという人は、画家にもめぐまれたひとだなと思う。

『おやすみなさいのほん』
（マーガレット・ワイズ・ブラウン＝文／ジャン・シャロー＝絵／
いしいももこ＝訳／福音館書店）

『ぼくにげちゃうよ』（クレメント・ハード＝絵／いわたみみ＝訳／ほるぷ出版）
『おやすみなさい　おつきさま』（クレメント・ハード＝絵／せたていじ＝訳／
評論社）※すべてマーガレット・ワイズ・ブラウン＝文

のはらの　ひつじたちは
おおきな　あたたかい
もうふのように
いっしょに　かたまって
ねむります。
こひつじは　はねるのを　やめ
おひつじは　おしくらを　やめ
めひつじは　めーめー　なくのを　やめて
みな　ねむります。
ねむたい　ひつじたち。

『おやすみなさいのほん』より

『おやすみなさい　おつきさま』より

失えないもの
ガブリエル・バンサンの絵本によせて

ガブリエル・バンサンの新刊、『テディ・ベアのおいしゃさん』を読みながら、ああこの感じは知っている、と思った。なにかによく似ている。皮膚感覚のようなもの。

余白の多い絵本で、色彩もおさえられている。水分の多いグレーとブラウンを基調に、ところどころに水色や小豆色が控えめに配されている。澄んで少し寒い色だ。たくさんのテディ・ベアがでてくる。捨てられた、あるいは持ち主とはぐれたテディ・ベア。一匹ずつ全部に名前がついている。フリプーイ、モモ、ムスターシュ。トリチコリ、ミュフィ、オーギュスト……。当然ながら一匹ずつことごとくちがう顔、ちがう毛質、ちがう性格の持ち主で、それぞれが別の物語を持っている。
それよか、かたっぽの目がいたいんだ。だって、こっちがわばっかりだきしめられたもんでさ。かわいがられすぎて、かまれちゃったんだ。それはそれで、うれしかったんだけどさ。
とか、
そうとも。ぼく、かなしいんだ。あの女の子とわかれわかれになってしまったんだもの。ずうっといっしょにいたのに。ねるときもいっしょだった。このきもち、だれにもわからないよ。
とか、
ぼく、ごしゅじんをなくしちゃった。好きどうしだったんだけどね。
とか、
そうさ、ぼくには、たしかにまだ目がついている。でもさ、それはきみみたいに、かわいがられたりだきしめられたりされなかったからさ。きみの話って、しらないことばっかりだ。

とか、物語はくまたちの口から断片的に語られる。しかしそれらはほんの一部。むしろ例外的な一部だ。ほかのほとんどのくまはただ黙ってすわっている。ある者はかなしそうに、ある者は憮然《ぶぜん》として、ある者は無表情に。

その物言わぬくまたちの孤独の深さ。誰ともわけあえないし、また、わけあいたくもないであろう一人だけの、プライヴェートなかなしみ。ざらざらしたはてしない淋《さび》しさと、小さなささくれみたいにしょっちゅうしみる傷。

バンサンは、それを絵に閉じこめる。

『アンジュール』をはじめてみたときのショックはいまだに鮮明だ。本屋に積まれたその絵本から、目がそらせなかった。表紙の犬の、あのぞっとするくらい淋しい目。

絵本の最後に犬は男の子と出会うけれど、それは捨てられたかなしみを埋めはしない。たとえそのあと幸福な時間が始まるのだとしても、捨てられて、驚き、怯《おび》えてさまよった記憶、その絶望とかなしみは残るのだ。果物の種みたいに。

バンサンは、それをそのまま描く。

『テディ・ベアのおいしゃさん』（いまえよしとも＝訳）
『アンジュール　ある犬の物語』『くまのアーネストおじさん　あめのひのピクニック』
（もりひさし＝訳）※すべてガブリエル・バンサン＝作／BL 出版

『テディ・ベアのおいしゃさん』より

だからたとえば『あめのひのピクニック』など17冊にもおよぶアーネストとセレスティーヌの物語――たのしくて愛にみちた、温かい物語――のなかにさえ、そういうささくれのようなかなしみはしのびこむ。しのびこむというより、すでにそこにあるのだ。わけあえないもの、語れないものとして。

勿論、アーネストの物語は、そのやわらかな色彩どおりとてもやさしい。表情豊かな二匹のやりとりも日々のできごとも、読む者を微笑《ほほえ》ませる。私がとりわけ好きなのは、雨なのに「とてもいいてんきだっていうつもり」になってピクニックにいくエピソードと、「アーネストはいつも私にやさしいのね」というセリフが印象的な、プラムとりのエピソードだ。

でも、誰かを好きになること、失いたくないと思うこと、は、すでにそれだけで痛々しいようなかなしみを伴っている。『まいごになったセレスティーヌ』の、アーネストとはぐれてしまったセレスティーヌの怯えよう、かなしみよう。無事に再会してうちに帰ったあとでも、椅子《いす》にぐたりと沈みこんで憂《うれ》えている。「わたし、ひとりぼっちになって、もうアーネストにあえなくなるかとおもったの」「いまアーネストが、わたしをおいていなくなったらどうしよう」。そんなふうに小さな胸をかなしみで一杯にしているセレスティーヌは、みているだけでほんとうにせつなくなってしまう。

おなじなのだ、と思う。『アンジュール』や『テディ・ベアのおいしゃさん』の頁をみたしているかなしみと、アーネストシリーズにただよっているかなしみと。

愛された記憶があるからこそ、やせっぽちの犬も毛並みのあれたテディ・ベアも深く傷ついているのだし、また、だからこそそのかなしみを誰ともわけあいたくないと思いもし、かたくなに自分のなかに閉じこもろうともする。

その意味で、バンサンは愛の作家だ。

『テディ・ベアのおいしゃさん』を読みながら感じた「知っている感じ」は、唇があれているときにのむ紅茶、がさがさした喉《のど》や胃に、熱い紅茶がしみる感じ、なのだといま思いあたった。

親密さと必然性

『かしこいビル』の絵本によせて

『かしこいビル』をはじめて読んだとき、私は二十一歳で、本屋でアルバイトをしていた。私の憶《おぼ》えている限り、その本はあまり売れていなかったけれど、いつも平積みになっていて、つやつやしたレモンイエローの表紙はなんとなく目をひいた。

読んでみると、とてもおかしな本だった。

「おかしな本ですね」

私は、隣にいたひと（少し年上の、おなじ本屋で働いていたひと）に言ったが、いかんせん表現力不足だった。

「だって、おばさんのうちにいくのにお人形を忘れちゃって、そのお人形が一人で

『かしこいビル』
（ウィリアム・ニコルソン＝作／まつおかきょうこ・よしだしんいち＝訳／ペンギン社）

追いかけていって追いつくっていう話ですよ。それだけで、その道中だってべつになんにもなくて、それなのに腑《ふ》におちるし、それに……」

年上の友人は怪訝《けげん》そうにきいていた。

「それに、女の子のかぶってるずきんも変」

私は、しまいにはそんなことを言った。言ったあとで、言いたいことをちっとも上手《うま》く言えなかった、という不本意な気持ちになったのを憶えている。

いまならもう少し上手に言える。この本は極端に親密な本なのだ。英語にINTIMATEという言葉があるけれど、まさにそういう本。

まず、最初に提示されるおばさんからの手紙。手紙の内容を知るだけではなく、読者も手紙そのものを読む仕掛けになっている。封書だ。普通は家族にだって見せないような個人的なもの。のっけから、読者はそれを共有してしまう。次に、メリーからおばさんへの返事。これは最初の手紙にも増して重要なことといわなくてはいけない。メリーが、どんな便箋《びんせん》にどんなペンで、どんな文字で、どんな文章で返事を書くか。それを全部見てしまうのだ。とても大胆な絵本だ。

さらに、メリーの大切なものが次々に紹介されていく。あしげのアップル、けがわのついたてぶくろ、スーザン、ふえ、くつ、ティーポット、なまえのついたブラシ、そして、かしこいビル。

ほとんど、のぞきみのような興奮がある。私はそういうのが大好きだ。細部の持つ絶大な物語性。たとえばメリーのオーバーが鮮やかなブルーで、派手な――それでいて英国風な――裏地がついていること。ここにでてくるおばさんのうちへの旅行だけではなく、お母さんとお買物にいくときも、家族で食事にいくときも、冬のあいだずっと、おでかけのたびにメリーはこのオーバーを着ているはずなのだ。ちょうど、ごく小さい頃の私が、ローズピンクのオーバー――裏地はグレーのチェックだった――を着ていたように。

メリーがどんなコートを着ているのか知っている、というのが、つまりINTIMATEなのだ。メリーの赤いくつや、ふえや、お人形のスーザンを知っている、ということの特別さ。

そうやってすっかりメリーと親密になってみると、ビルを忘れてきたことの重大さ（なんと!!　なんと!!!）もすんなり理解できるし、当然ビルなら追いかけてくること、「はしって、はしって、ぜんそくりょくではしって」いるあいだ、ビルがずっとメリーや他の仲間たち——いつものなつかしい空気——を胸に思い描いていること、も、ひしひしとわかる。やっと追いついた場面には心からほっとするし、「かしこいビル！」と、ほれぼれと感嘆のためいきをつくことにもなる。絵本全部が必然になるのだ。

言いたくないが、勇気をだして言うなら、子供の目の高さ、ということなのだろうと思う。普通は滅多にみられない（あたり前だ）子供の心の中の世界、プライヴェートでオリジナルなその自分だけの場所を、メリーは惜し気もなく読者に開放してくれている。出入り自由の状態なのだ。しかも依然として親密なまま。

すごく好きなものがある。ティーポットだ。メリーが旅仕度をする場面で、「くつもいるわ。ティーポットもいるし、あたしのなまえのついたブラシもいる」という風に語られてでてくる青いティーポット。ミニチュアの素朴なやつだ。メリーの旅行には、勿論これが「いる」のだ。くつやブラシとおんなじように。そのきわめて個人的な必然。

そして、このティーポットは、ビルが花束をもらう最後の頁でも、ちょこんと一つはなれてトランクからでている。なぜだか。物言わぬティーポットながら、ビルを見つめているようで可笑《おか》しい。

作者はウィリアム・ニコルソン。たのしんでかいている、という感じのいきいきした絵が印象的だ。

物語の持つ力

『シナの五にんきょうだい』と『九月姫とウグイス』によせて

絵本について書こうとしているのにこんなことを言うのもどうかとは思うが、絵にもかけないおもしろさ、というのがある。穴蔵に入っていくようなおもしろさ、というのだろうか、文章がつれていってくれる場所は、いつも闇にみちている。どんどん奥に分け入っていく感じ。どんどん深く、どんどん遠く。それでいてそれは自分の頭のなかにある場所のようでもあって、混沌《こんとん》としてミステリアスだ。

物語の持つ力、だと思う。物語に導かれて闇のなかをすすむうち、ふいに脳の片隅にスポットライトがあたり、そこに一つの世界が浮かびあがる。そんなところにそんなものがあったなんてちっともしらなかった、と、ちょっとぎょっとする感じ。

物語はそこに埋めこまれ、時間がたっても絶対に消えない。たとえ本人が忘れてしまっても、それはやっぱりそこにあるのだと思う。証明はできないけれど。

私自身のなかに埋めこまれた物語としては、『シナの五にんきょうだい』や、『九月姫とウグイス』がある。

見ためがそっくりで、それぞれ特別な体質——海の水が全部のめるとか、どこまででも足がのびるとか——を持った五人の兄弟が、危機をいくつもかいくぐってサヴァイバルし、最後は、そんな風がわりな五人を生んだお母さんともどもしあわせに長生きをする、という話だけれど、からくりの見事さと、そのテンポのいい展開、完璧《かんぺき》なまでの筋運びには、読みながらつい思わず、おお、と声をだしてしまう。

なかでも私の心をひきつけてやまないのは、事件の発端にもなる一ばん上のにいさんの、海の水を全部飲める、という技だ。その発想の大胆さ、新鮮さ。はじめて読んだときには感動した。

途中でくり返される役人とのやりとり（処刑の前に母親に会いに帰らせてほしいとたのむところ）も大切で、くり返しは物語に形式を与えて強くする。実際には最

『シナの五にんきょうだい』
（クレール・H・ビショップ＝文／クルト・ヴィーゼ＝絵／
かわもとさぶろう＝訳／瑞雲舎）

『九月姫とウグイス』（サマセット・モーム＝文／
武井武雄＝絵／光吉夏弥＝訳／岩波書店）

『シナの五にんきょうだい』より

『九月姫とウグイス』より

後の頁までてこない彼らの母親が、じわじわと陰のボスのごとく物語に影響しているところもスリリングだ。

五人の体質の説明をはじめ、これは物語の全部が重要事項、まるで昔話のような無駄のなさだ。余分な描写は一つもない。

反対に、非重要事項、余分といえば余分な描写をつみかさねることで、美しい布を織るようにできあがっているのが『九月姫とウグイス』。文章の粋や余裕やおかしみで光っている。だいたい、お姫さまたちの名前が二転三転する冒頭からして人を食っている。

だから、九月姫が大切なウグイスをカゴからだしてやるところが筋立てのクライマックスであるとはいえ、この物語の白眉《はくび》はそういうところでは全然ない。

たとえば、私がいちばん好きなのは王さまとおきさきさま。優雅で、とぼけていて、とても素敵だ。かぐわしい文章、というのはこういうものをいうのだろう。美しくていい匂いがする。そうしてたとえば九月姫のいくつかのセリフ。ウグイスを自由にしてやる感動的な場面でさえ「おまえをカゴのなかにいれたのは、おまえが好きで、わたしひとりのものにしておきたかったのよ。でも、それじゃ死んでしまうなんて、おもいもかけなかったわ」と、ちょっと能天気とも驕慢《きょうまん》とももとれる率直な言い方をする九月姫は、ウグイスを持っていないお姉さんたちがみんなして――それも「ちゃんとお年のじゅんをまもって」――鼻をならしたときも、「どうして、そんなに、ふん、ふん、おやりになるの？　みんな、鼻っかぜ？」と、しゃあしゃあと言う。

たとえば物語のおしまいの理屈。ウグイスのためにいつも窓をあけていた九月姫が美しくなり、カンボジャの王さまに嫁いだ、という説明のあと、「けれども、ねえさんたちは、まどをあけて、おやすみになることなんか、一ども、ありませんでしたので、それはそれは、みにくいかたに、おなりになり」、「王さまの大臣たちのところへ、（お嫁に）やられておしまいになりました」というのはちょっとすごい。びっくりする。

海を全部飲んでしまうにいさんにしても、窓をあけなかったためにそれはそれはみにくくなってしまったお姫さまたちにしても、そういうとっぴょうしもないことをすんなり抱きこんでなおあまりある懐《ふところ》のひろさが、つまり物語の持つ力なのだろう。

最後につけ加えると、『シナの五にんきょうだい』は絵も素晴らしい。いきいきしていてなおかつしぶく、白と濃紺とみかん色の、シンプルな色もきれい。口いっぱいに海をほおばったにいさんの、連続ショットとその前の頁のなんともいえない立ち姿など、表情豊かで何度でもみとれてしまう。

陰としてのファンタジー
リスベス・ツヴェルガーの絵本によせて

冬を連想する絵、といわれて思い浮かぶ画家にツヴェルガーがいる。色彩ばかりではなく、硬質な線も人物の表情も、彼女の絵はいつも冬の匂《にお》いがする。寒くて少し淋しい。

極端なのが『おやゆびひめ』で、野ねずみの穴やもぐらのトンネルの、いかにも土のなからしいひんやりした暗さは言うに及ばず、「そこでは、お日さまがいままでいたところよりずっと明るく輝いていて、空は二倍も高く、堀や生垣には、緑や青のぶどうがなっていました。森には、レモンやオレンジがみのり、銀梅花やハッカのいい香りがただよっていました」

という、「遠いあたたかい国」の白い花の上の場面でさえ、ツヴェルガーの絵は底冷えという感じに寒く、不安な感じが拭《ぬぐ》えない。

ファンタジーの怖さ、だと思う。

いくら、「ひきがえるの息子や、黒いビロードの外套《がいとう》のもぐらとはくらべものにならない、すばらしいかた」だとはいえ、「花の王子」もこの世ならぬ生き物だ。この世ならぬ場所やこの世ならぬ生き物の、不思議さや不気味さ、脆《もろ》さや危うさ、そうしてそれ故《ゆえ》の美しさ、こそツヴェルガーが描こうとしているものなのではないかと思う。彼女が、アンデルセンやグリム、オスカー・ワイルドといった、古典的物語世界を好んで描くことからもそれはうかがえる。この世ならぬものに対する畏《おそ》れや、ある種のかなしみ。物語の聞き手（あるいは読み手）にとって、興味や憧《あこが》れよりも、おそらくそういう畏怖《いふ》が先に立ったのであろう時代の物語。ひとの心の陰としてのファンタジー、というのかしら。だからこそ、ツヴェルガーにとって、それらの場所の温度はいつもあんなに低いのだ。

そうして実際、ツヴェルガーというひとは、この世ならぬ場所を描くのがピカ一に上手い。それは、そういう場所と現実の場所とが両方でてきて見事に交錯する、『くるみわり人形とねずみの王さま』なんかをみるとよくわかる。

たとえば最初の戦いの場面。

部屋の隅で膝《ひざ》を抱えている現実のマリーよりも、カップボードのなかで抱きあう人形や小さな兵隊たち、まるまると太ったねずみや、ねずみと戦うくるみわり、の方が、はるかに現実味をおびている。全体が、この世ならぬ場所の空気に包まれているからだと思う。

しかも、ここが大切なのだけれど、ツヴェルガーの絵はきわめて写実的だ。ねずみはねずみらしいし、人形はあくまでも人形らしい。ファンタジーを描こうとする画家の最大の技量はそこだと思う。ねずみやくるみわりを人間のように拡大してしまうのではなく、私たちを彼らの空間にひきこんでしまう力、あたりをそういう不思議に包んでしまう力。

マリーがくるみわりの家でお茶をのむ場面もそうだ。着ているものも髪のかたちも体格も、私たちにそくしていて身近なはずのマリーより、まわりにいる小さいひとたち——すっかりくつろいだ様子のくるみわりや、お皿を運んだりオレンジをしぼったりしている姉妹たち。ひきずるほど長い髪をみつあみにして、おどろくほど大きな白いりぼんで結んでいたりする——の方が、ずっとしっくりまわりになじんで現実味がある。

同じ室内の絵でも、この頁《ページ》と、最初の頁——クリスマスイヴの夜、マリーが人形を抱いて本を読んでいる頁——では、気配がまるで違うのがわかる。あかるさも温度も現実感も。

はじめの頁では、隣の部屋からもれてくるあかりといい、床に散らかったままの包み紙やりぼんといい、しずかな夜の、一人ぼっちながらみちたりた温かさや揺ぎない生活感が伝わってくるけれど、もう一方の頁では、人数も多く、みんなわらっていてたのしそうなのにもかかわらず、全体に明度が低く、どことなく温度も低くて淋《さび》しげだ。

勿論《もちろん》、それは幸、不幸の問題ではない。その場所がそういう場所だというだけで、陰影の強弱の問題なのだろうと思う。そうして、陰影こそ、すべての「物語」のは

『くるみわり人形とねずみの王さま』（E・T・A・ホフマン＝作／山本定祐＝訳／冨山房）
『おやゆびひめ』（アンデルセン童話／佐久間彪＝訳／かど創房）
※すべてリスベス・ツヴェルガー＝絵

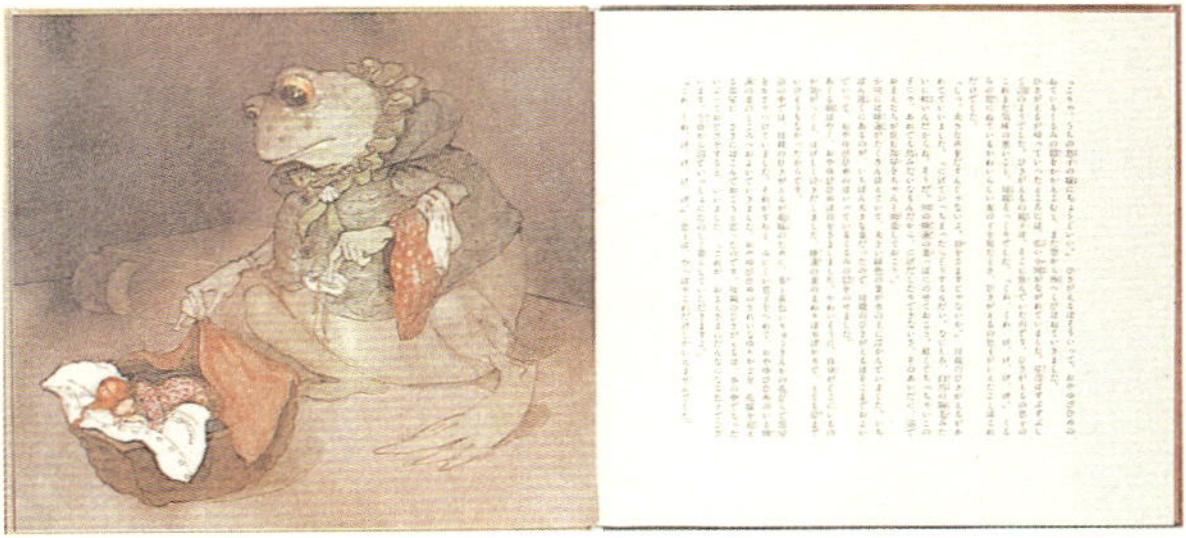

『おやゆびひめ』より

じまりなのだ。

随分前に、雑誌「飛ぶ教室」の黄色い頁に、川島誠さんがこんな風に書いていた。

「これは、ちょっと不思議なことです。文化人類学や民族学が、『異人』とか『まれびと』とかの様々な呼称で、逸脱した人間の喚起する力、おぞましいとされながら同時に聖的な存在である理由を探求している時、本来、小人、巨人、盲人、などなどをファンタジーの源泉としていたはずの児童文学が、それらの力を排除していこうとしているのは」

ツヴェルガーは、しずかに、マイペースで、川島さんいうところの「ファンタジーの源泉」のなかで、仕事をしている作家だと思う。

清濁あわせ呑《の》む絵本

『モーモーまきばのおきゃくさま』と『メアリー』によせて

　どちらも、砂糖菓子のように甘い色彩の絵本だ。ピンクに水色、白、黄色。それでいてちっともべたべたしないのは、長谷川集平とエッツという、ドライな画風を持ち味とする二人の画家の個性だろう。この二冊はよく似ていて、表紙に、牛と犬がそれぞれ正面から――まさに肖像画状に――描かれているところも、カヴァーのつるんとした手ざわりも、おんなじだ。かたくなに子供の本であろうとする商業上のスタンスも、共通しているような気がする。事実、文章も平明でひびきが美しく、小さいひとたちに読みやすい（それでいてちっともべたべたしないのは、舟崎靖子《やすこ》とエッツという、清潔な文章を持ち味とする二人の作家の個性である。勿論）。

お菓子のような色彩とはうらはらに、物語はどちらも少し辛い。スパイシイだ。物語が辛いからこそそれだけ甘い色彩にしたのではないかと邪推したくなるほどだ。天然素材のスパイシイさだと思う。天然素材というのはつまり、ほんとうのこと。知らずにすめばよかったのに、と思うようなこと、そうして勿論、だからこそ知る必要のあったこと。

『モーモーまきばのおきゃくさま』にでてくる牛は、牧場で草をはみながら、

「なんておいしいくさなんでしょう。きれいなきんぽうげもさいてるし……。だれかにごちそうしてあげたいわ」

と、考える。のんびりした性質なのだ。かけすにものせられて、牛はお客を招くことにする。頭に花かざりまでのせて、みんながやってくるのを待つ。

しかし、当然ながら、犬や猫や豚やめんどり、がちょうやねずみにとって、草はごちそうなどであるはずもなく、彼らは不平をこぼしながら帰ってしまう。

「まきばのくさは、やわらかくておいしいんですよ」

なんて言っても無駄だ。モーモーまきばがきにいらないのかしら、と、牛は悄気《しょげ》

『モーモーまきばのおきゃくさま』
（マリー・ホール・エッツ＝文・絵／やまのうちきよこ＝訳／偕成社）
『メアリー』（舟崎靖子＝作／長谷川集平＝絵／文研出版）

『モーモーまきばのおきゃくさま』より

る（このときの牛の悲しそうな顔！）。結局、残ったお客様は馬とやぎと、小羊だけだった。

でも、なのだ。でも、なんと、彼らは、春がすぎて夏がきて、その夏がすぎるまで、モーモーまきばのお客であり続けたのだという。

「ひるまはことりが、よるはかえるが、うたをうたいました。ほしとほたるが、よるのまきばをてらしてくれました。おつきさまも、ときどきみにきてくれました」

黒と黄色で構成されたこの頁の絵は、ほかが全部ピンクであるだけにきわだって印象的だ。ふるような星あかりのなかで四匹が草をはむ、しずかで安心なシーン。

犬や猫やめんどりが帰ってしまったという事実は依然として事実だし、牛だってそれを忘れてしまったわけではない。だからこそ、この星空の下の場面がしみるほどやさしいのだ。

『メアリー』の桜ふぶきもそうだ。

「『かあさんも、しっていたんだ……』」

ともこは、かあさんのところへかけていって、かあさんのくびにてをまわし、しっかりとだきついていたいとおもいました。

ともこが、ふとんからはねおきると、風がにわをよこぎっていきました。すると、風をまっていたように、まんかいのさくらがちりはじめました。花びらは、風にのって、あとからあとから、まいおちていきます」

という光景の、はっとするような美しさ、せつなさ。

「かあさん」をおもって事実に目をつぶったともこと、ともこをおもってやっぱり事実に目をつぶった「かあさん」なのだし、

「おまえのなまえ、メアリーだよ……」

という決定的なひとことに、それは収斂《しゅうれん》されているのだけれど、それでもそこにはなにかがつっかえている。胸をふさぐ、というほど大きなものではないけれど。

馬ややぎとたのしく草をはむ牛の胸にも、おそらくそれはひっかかっている。

自分とひとはかならずしもおなじじゃない、ということを思いがけずつきつけられる出来事や、なにか小さな――しかし重大な――秘密を一人の胸におさめておかなくてはならない苦さやうしろめたさ、は、成長過程において、たぶん誰もが経験

することだろう。「ひとりひとりは、ひとつひとつの閉じたひふに包まれて」いるという、片山令子さんの言葉をもちだすまでもなく。

清濁あわせ呑む、というといかにも大げさだけれど、それは生きていくプロセスのなかで不可欠な要素だし、そのことをこんなにわかりやすい形で、物語として端正な形のまま、絵本にできるというのは作家の職人性だと思う。

他人の暮らし

『ファミリー・ポートレート』によせて

ニューヨークという街が好きで、ときどき遊びにいく。あの街のどこが好きかといえば、さっぱりして肩の凝らない大人っぽさ、そっけなさ、自由さだ。時間が個人レベルで流れているという感じ。たとえば街を歩いていて、ホットドッグを手にしている人とすれちがう。あ、朝ごはんなんだなと思う。コート姿で脇《わき》に新聞をはさみ、きびきび歩く姿にいそがしい時間の気配が伝わる。踊っている人や昼寝をしている人、ただぼんやり日なたぼっこしている人のそばを通る。あ、踊っているな、昼寝してるな、日なたぼっこしてるな、と思う。そこでは時間がとてもゆっくり流れている。いろんな時間がいっぺんにあるのだ。そのことがとても自然で、しずかで、安心に思える。ニューヨークにいくと、だから私はとてもよく歩く。

他人の生活を垣間《かいま》みるのがおもしろいのかもしれない。学生には学生の、老人には老人の、暇人には暇人の、インテリにはインテリの生活があり、あの街ではそれが外目にみえやすい。無論それは生活のごく一部であって、それ以上先はむしろまるでみえない街でもあるのだが、だからこそ安心して、みたりみられたりできるのだと思う。

他人の暮らし。

考えただけでも胸おどる。私にとって、本を読むことのたのしみも、たぶん九〇パーセントくらいはそれを垣間みることにある。たとえば推理小説を読むときでさえ、事件の展開や筋立てよりも、主人公がどんなところに住み、どんな服を着てどんなものを食べ、どんな音楽を聴くのかということの方に気をとられながら読む。日常の、その人独特のやり方や習慣や時間配分。

『ファミリー・ポートレート』は、だから一目みてすっかり気に入った。犬小屋を持たない犬とニューヨーカーたちの物語、と副題にあるように、ここには十三——

巻末の散歩屋さんの話もあわせれば、正確には十四――の、個人的な物語が収められている。犬と人との、日々の暮らしの物語。

章ごとのタイトルをならべてみるだけで、この種の本を好きな人なら絶対に読みたくなってしまう、と思う。「共働きデイビッド、フランチェスカ夫妻と一途なブルテリア・ポルキーノ」とか、「黒いプードル・ボウとの出会いは運命的だったと語る元作家ノーマン」とか、「アーティストのポールは外国に行くとスパーキーに愛の長距離電話を」とか。

それぞれの絵がまた鮮やかで、ペン画あり油彩あり鉛筆画ありシルクスクリーンあり、どれもとてもいきいきしていておもしろい。部屋の様子、着ているものの趣味、絵そのものが伝えるそれぞれの生活の質感というようなもの。笑っている人、真顔の人。そして、街なかの絵にはいつも日ざしがふりそそいでいる。

ちなみに私がいちばん好きなのは、黒いプードルのボウと元作家ノーマンの物語。「以前にもピンクがかった白のプードル持ってて、かわいがってました。でも妻と離婚することになって彼女にあげてしまいました」

という出だしで始まる彼らの章は、一年前にボウを手に入れた顚末《てんまつ》から、ボウのおもちゃ（「ボウは小さな白い、男のコの人形持ってて、それが大好きなんです。寝るときはソレを枕《まくら》にするし、他の小さなオモチャと遊ぶときはその人形をデスクみたいに使う。食事のあとは人形をくわえてメディテートし、くつろぐんです。遠くにゆくときも人形をつれてゆく」）のこと、食事のこと、一日の様子のこと。ボウとの出会いが運命的であったことのしるしである「信じられないようなハナシ」のこと、と、全編親密で真摯《しんし》な愛にみち、少しファニーでもの哀《がな》しい。

この「元作家」ノーマン氏は六十四歳。「ふつうのフィクション書いていて、あと大学でも働いて」いたけれど、二年前に心臓を悪くして仕事をやめた。いま何をして生活しているのかはよくわからない。でも、「ボウとはいつも一緒」だ。「きのうなんか彼はヘアカットに行って、それが四時間もかかった。とっても空っぽな感じになっちゃいました。四時間も離れてることなんてまずないんです」

ピンクがかった白のプードルを持っていったという奥さんのその後の暮らしにも興味が湧《わ》くが、ともかく、この章のおしまいはこんなふうに結ばれる。

『ファミリー・ポートレート(犬小屋を持たない犬とニューヨーカーたちの物語)』
(田中弘子=文/田中靖夫=絵/集英社)

2　休暇もとれない多忙なマリーを元気にしてくれる4匹のダックスフント

以前にも犬は持っていたのよ。みな年取ったり死んだりしてしまってね。2匹の犬は心臓の病気、もう2匹はガン、大きな1匹の犬は腎臓が悪くて……。

マスタードも以前は別のひとの犬だった。わたしの夫の仕事先の知り合いだったんだけどね。彼女、わたしたちが犬の世話をしていることを知ってたのね。自分のも面倒見てくれないかというわけ。彼女1年も待ったのよ。わたしたちがマスタードを引き取りに行くまで。いままで面倒みてたのにどうしてギブアップするのかって、夫はそのひとに質問したの。そしたら彼女には2歳の赤ちゃんがいて、犬と両方はとても面倒みきれないってことだった。

フランキーの方はこうなの。クイーンズにいるわたしの母親を訪ねたとき、メス犬持ってる男のひとに会ったのね。マスタードに似てたけど彼より大きいダックスフント。それで2匹をブリードした。7匹子どもが生まれてね。5匹のボーイズと2匹のガールズ。その2匹は中でも小さかった。

わたしの友だちがペニーを取って、結局もう1匹のメス犬のフランキーをわたしがもらった。そのうちフランキーが成長してヒート(発情)してね。マスタードからは気をつけて離していたつもりだったのよ。それがフランキーのお腹が段々大きくなって、あら妊娠してるよ!ということになってね。最初はどうなってるんだか分からなかったわね。彼女6匹子ども生んだのよ。

その内の一番小さいのがハニーバンなのよ。だからマスタードはハニーバンにとってはDaddyであって、同時におじいちゃんてことになる。ちょっと複雑な関係でしょ。

わたし、子どもの頃は犬はいなかったの。うちの母は犬のこと怖がっていて、わたしも同じように怖がってたからね。ところが結婚して、ある日夫が仕事から帰ってきたら車の後ろに子犬がいるじゃない。ギャスステーションでもらったんだって。何年前だったかな。多分20年くらい前のこと。

それで犬を持ってみて、犬が人間みたいにいろんなパーソナリティ持っていることを発見した。動物も嫉妬するし、所有欲もあるのよ。ハニーバンが骨かじってると、母親のフランキーが取っちゃうんだから。Not Niceよね。意地悪いと思わない?

9

「友人がフランスに家を買うかもしれないんです。そしたらボウを連れて向うに移るかもしれない。大体この犬はフランスからきたものだし、友人が住むという土地では、みんなプードル連れてレストランに行くって聞いてますから」

青一色の、線だけですっきりとかかれた絵によれば、ノーマン氏ははげ頭でサングラスをかけている。ボウにほっぺたを舐《な》められて、嬉《うれ》しそうに微笑《ほほえ》んでいる。

大きな絵本

『絵本 グレイ・ラビットのおはなし』によせて

その青い大きな絵本を一目みた途端、私はそれを両手でつかんでレジに立っていた。まったくおなじ物語を、ほんの数週間前に、岩波少年文庫で買って読んだばかりだというのにだ。

たとえばジュリエット・ルイスの新作が封切られれば観《み》る。内容を知らなくてもとりあえず。シンディ・ローパーの新譜がでれば買う。それもたぶん発売日に。私にとってグレイ・ラビットは、そのような本だ。

いつかこんな幼年童話が書けたら、とずっと憧れている物語に『チム・ラビットのおはなし』がある。羽のようにやさしい言葉で書かれた物語だ。やわらかで豊かでさりげない。

読むたびにひきこまれ、ポプリや干した果物や、古い家の匂《にお》いが立ちのぼってくるような、独特の雰囲気のラヴ・ストーリーに『時の旅人』がある。せつなくて清潔で初々《ういうい》しい。

どちらもアリソン・アトリーの本だ。グレイ・ラビットはそのアトリーの代表作(出世作、というのかしら)で、数もたくさん書かれ、少年文庫版の石井桃子さんのあとがきによれば、「登場人物(?)たちは、いろいろに組みあわされて、さまざまな愛すべき物語となり、アリソンは九十一年の生涯の終り近くまで、涸《か》れない泉のように、『リトル・グレイ・ラビット物語』を書きつづけ」たのだという。

いままでにも、小さな形の洋書絵本でいくつか読んではいたのだけれど、こんなふうに初期の四つのお話がまとまって、美しい訳文と美しい絵で晴れて一冊になり、とてもとても嬉しい。

物語がながく、しかも四つも収められているので、絵本としては文字の分量が多いのだけれど、それに負けないくらいたっぷりと絵がついていて、眺めているだけ

『絵本　グレイ・ラビットのおはなし』
（アリソン・アトリー＝作／マーガレット・テンペスト＝絵／
石井桃子・中川李枝子＝訳／岩波書店）

でたのしい。マーガレット・テンペストという人の絵のやさしさは、アトリーの文章のやさしさにぴったり呼応している。

たとえば草の色や空の色、その深さ、しずかさ。星のまたたく夏の夜の頁など、空気のかぐわしさが、かすかな虫の音と一緒に伝わってくるようだ。

室内の絵も素敵だ。いかにも居心地がよさそうな、それぞれの動物のそれぞれの家の様子のたのしさや、こまやかに描かれるそこでの生活の細部——表紙にもなっている、背のびをして洗濯物を干すグレイ・ラビットのうしろ姿や、洋服をつきやぶってでているハリネズミ夫婦の背中の針。それぞれの体の大きさにあわせた椅子《いす》やベッドや、それぞれの特性にあった職業。フクロウを訪ねるときの、白いハンカチをふる習慣や、カエルのうちの中庭の噴水。

動物たちの目にうつる、この地上の美しさ、すばらしさ。月あかりに照らされた銀色の森で、あまりの気持ちよさにグレイ・ラビットが宙がえりをうつ場面があるのだけれど、その絵の、世界の美しさ、には息をのむ。

一方、森には危険もたくさんある。怖いイタチやキツネがいるし（野ウサギのへアは、不運にもその両方につかまる)、人間だっている(ハリネズミのファジー坊やは犬をつれた子供につかまって、植木鉢にとじこめられてしまう)。慎重なグレイ・ラビットでさえ、まったく別の理由からではあるが自分のしっぽを切り渡す、という経験をする。彼らの生活はワイルドで、日々命がけなのだ。

そして、彼らはその都度勇敢に、全知全身で体あたりして危機をくぐり抜ける。

話が横道にそれるけれど、少し前にどこかの雑誌のアンケートで、「子供の頃に読んで好きだった本」(子供の本に限らなくてよい)と、「あなたの好きな子供の本」(子供の頃に読んだものに限らなくてよい)をそれぞれ数冊あげてコメントして下さい、というのがきて、私は後者に、マリー・ハムズンの『小さい牛追い』をあげた。コメントの欄に、「人生が幸福なものに思えるから」と書き、書いた途端に気がついた。それが子供の本の基本なのだ。

幸福といっても、たとえば『シンデレラ』のような、「幸福な結末」のことではない。プロセスの話だ。ザルテンの『バンビ』にこういう一文がある。

「バンビは穴から出ました。生きることは美しいことでした」

そのようなこと。

「人生はたのしく、美しい」

というのは映画『我が家は楽し』での高峰秀子のセリフだけれど、そのようなこと。

『グレイ・ラビットのおはなし』は、その意味で絶対的に子供の本だ。ヘアとファジー坊やが夕焼けの土手にならんで腰掛けて、○×ゲームをする場面の絵などみていると、幸福なプロセスとしての人生が、ほんとうにしみじみ伝わってくる。豊かでやさしい、大きな絵本だ。

身をまかせる強さ

「おさるのじょーじ」の絵本によせて

変なことをいうと思われるだろうが、私は、最近になってようやく、ひとまねこざるの絵本をたのしめるようになった。なにしろ有名な絵本だし、子供のころにも図書室で読んだことはあるのだが、とてもたのしめなかった。小心者だったのだ。

おさるのじょーじはいたずら好きで、そのいたずらはとどまるところを知らない。いつも必ず大事件に発展してしまう。それも、家族や友だちがてんてこまいするというようなレベルの話ではない。街じゅうが大騒ぎになってしまうのだ。

たとえばじょーじが電話をかける。出鱈目《でたらめ》にまわした番号は消防署につながって、「ちりん、からん、ちりん、からん！」と、たちまち何台もの消防自動車が出動してしまう。たとえば新聞配達を途中でなげだしたじょーじは、配達するべき新聞をみんな舟に折り、川に浮かべて流してしまう。「まるでだいかんたいのよう」に、あひるやかえるにまざって川いっぱいに流れていくたくさんの舟たち。ほかにも、じょーじは一歩おもてにでると、よそのうちのぶたをすっかり逃がす、博物館のディスプレイをめちゃくちゃにする。あれよあれよというまにたいへんなことがおきる。なだれのように。それが私には恐怖だった。事が、思いもかけないほど大きくなってしまうのだ。とても手におえないところまで。

しかも、じょーじはちっとも反省しない。学ばない、まるっきり用心深くならないのだ。私は落ち着かなかった。

無論、いまなら、いいぞいいぞと思う。反省なんかするなよ、学ぶんじゃないぞ、どんどんつき進め！　この絵本のたのしさはそこにあるのだ。

しかし、それはいまだからいえることだ。かつての私はこの本が苦手だったし、ひやひやさせられるばかりでおもしろいとは思えなかった。ほんとうに小心者。

ただ、あっさりした絵はきれいだと思っていた。いかにもおもしろいお話を予感させる見返しも。それから、こざるのしぐさはとても愛らしいと思った。たのしめない自分がしゃくにさわった。

一九九八年に四十九刷発行（『ひとまねこざる』）とか、三十七刷発行（『ろけっとこざる』）とかの数字をもちだすまでもなく、ひとまねこざるは、昔もいまも、子供たちに圧倒的に支持され、愛されている。小さくて好奇心のつよい——そしてちっとも学ばない——こざるの冒険に、みんな胸をどきどきさせて自分を重ねるのだろう。その徹底した天真爛漫《らんまん》さや怖いもの知らずのエネルギー、そして、最後にはすべて上手《うま》くいくという幸福な確信。その気分にふさわしく、どの頁《ページ》も活気に溢《あふ》れ、色とりどりの家や車やビルやひとでみちている。世界はそういう場所なのだ。事件のおこるべき場所。

私の好きなシーンは、ぞうの耳の下の「ぽかぽかきもちのいいところ」で眠るところと、バスの屋根にすわって街を眺めているところ、しましまのパジャマ姿で「とくべつの日」の朝に目をさますところ。清潔そうなクロスのかかった丸テーブルで、黄色い帽子のおじさんと一緒に朝ごはんを食べるところ。勿論《もちろん》、冒険をおえ、

『たこをあげるひとまねこざる』『ひとまねこざるびょういんへいく』
（以上２点、マーガレット・レイ＝文／H・A・レイ＝絵）
『ろけっとこざる』『ひとまねこざる』『じてんしゃにのるひとまねこざる』
『ひとまねこざるときいろいぼうし』（以上４点、H・A・レイ＝文・絵）
※すべて光吉夏弥＝訳／岩波書店

『ひとまねこざる』より

そのばん――
じょーじは、ぞうさんの　みぎの　みみの　したの　ほかほか　きもちの　いい　ところで　ねむりました
じょーじは、なかよしの　ぞうさんの　ところに　かくれていたのです。
とうとう、みんなは、さがすのを　あきらめて　しまいました

『ひとまねこざる』より

これは、さるの　じょーじです。なかよしの　きいろい　ぼうしの　おじさんと　いっしょに、くらしています。
じょーじは、おとなしい　こざる　でしたが、ただ、とても　しりたがりやでした。
けさも、めを　さますと、もう　じっとして　いられなくなって、さっそく　おきあがりました。
きょうは、とくべつの　日《ひ》だ　ということを　しっていたからです。

『じてんしゃにのるひとまねこざる』より

いかにも寝心地のよさそうな小さなベッドにうつぶせになって眠る場面は別にして、だ。

それにしても今回あらためて読み返し、ストーリーのテンポのよさ、能天気で乾いたユーモア(『へびのクリクター』なんかにも通じる。日本の絵本にはない味だ)や、さりげなく洒脱《しゃだつ》な文章——これは、さるの　じょーじです、というおきまりの出だし、クラシックな言いまわしのもつとぼけた味わい——にはしみじみ感心した。ラフで温かな絵の、さっぱりした美しさにも。

たしかにじょーじのやることは派手だ。でも事態は必ず好転するし、必要なときには素晴らしいタイミングで助けがくる。じょーじはこりない。そのつよさ、率直さ(以前はそれが私を気後れさせた)。すくすく育つという言葉がぴったりだ。表紙のぱちっとした黄色も心愉《たの》しい。

私は、自分が大人になってよかったと思う。リラックスしてじょーじの物語を読めるようになってよかった。

たとえば、昔体育の授業で、二人組になり、一人がうしろむきに倒れてもう一人が背中を支える、というのをやった（あれは一体何の練習だったのだろう）。私は倒れるのが怖くて、でも倒れないと相手を信用していないみたいだしと、余計な心配までしてたいへんに疲れた。こういう絵本の乾いたユーモアに身をまかせる能力は、少しそれに似ていると思う。

本を閉じることさえせつなくなってしまうではないか

『すばらしいとき』の絵本によせて

百聞は一見に如《し》かずというけれど、百見を凌《しの》ぐ一聞もあると思う。本のなかでしかいかれない場所もあるのだ。そこには、場所だけではなく時間もとじこめられているから。

『すばらしいとき』は、海辺の別荘でひと夏の休暇をすごすある家族の物語で、本をひらけば、そこにはいつでもある時代のある海辺、その時間と風景が、ゆったりとひろがっている。

マックロスキーの健全さがいかんなく発揮された一冊だと思う。休暇、家族、それを包む豊かな自然。こんな一節がある。

おまえたちはあかりをけし、舟つきばにむかってこぐ。星がみおろし、水にうつった星の影がみあげている、しずかな夜、百くみもの目がおまえたちをみつめている。ひとくみの目がその上からすべてをみつめている。

青い青い頁だ。海と夜空と島々と。中央には小さなボート。二人の子供がのっている。そして空にも水面にも、ほんとうに降るような星。百くみもの目。
——ひとくみの目が、その上からすべてをみつめている。

その安心、その静謐《せいひつ》。

おまえたち、という、二人の子供に呼びかける形の二人称がまた効果的で、読者も一緒に、たっぷりと愛情に包まれる感じがする。休暇を家族で海辺ですごすなら、そりゃあ子供の立場でいきたいもの。ここでは、読者はみんな、その年齢にかかわらず、余計な心配をしないで休暇をひたすら味わい楽しむ特権を与えられる。二人の女の子たちのように。

そして、物語はすばらしい時間と目をみはる瞬間にみちている。目をみはる瞬間というのはたとえば、雨雲がどんどん近づいて、「水の上に…年へた岩のみさきの上に…やまももの上に…くさの上に…」雨粒が降り始める瞬間、「はんぶんささやいていているような音」をたてて、林のなかでしだが育つ瞬間。白くたちこめていた霧がみるみるあかるい黄色になって、とつぜんはれる瞬間。どきどきする。

子供たちはここで散歩をし、海水浴をして、ボートにのる。嵐《あらし》に備え、その嵐をやりすごし、また次の朝には「ふしぎなあかりで目をさます」。これは、前の晩、「まどというまどに潮がしものようにふきつけたせい」なのだ。だれも歩かなかった場所をさがし、インディアンの貝塚をみつけ、海岸から、畑のこやしにする海草を運んだりもする。嵐のあいだを除くと、どの頁も全部戸外だ。

それにしてもマックロスキーは絵が上手い。画家にむかって絵が上手いなどというのは失礼千万だとは思うのだけれど、それでもいわずにはいられないほど、抜群に絵が上手い。しかも、この人の絵の上手さは物語を妨げない。文章なんていらないじゃないか、というふうに完成してしまわない。肌になじんだシャツみたいに文章によりそいながら、絵が物語をつくるのだ。

単純な水彩のなんというふさわしさ。

『かもさんおとおり』の、デッサンを極めた感じのふくよかさといい、『サリーのこけももつみ』のシンプルな線といい、マックロスキーはその物語にぴったりの方法で、それぞれあきれるほどすばらしい絵をかいてくれる。

とくに『すばらしいとき』の率直であたたかな水彩画には、十二分に絵の上手い人にしかかけないおおらかさがあると思う。

たとえば港に傾いた日ざし。たとえばばきっと折れた木のなまなましさ。たとえば一つとしておなじ色の頁のない空、天候だけでなく時間によっても全然ちがう表情をみせるそのたくさんの微妙な青や灰色。たとえば嵐の夜の、部屋のなかのスタンドのあかり、それによってできる陰影。たとえばごくちっぽけに描かれた人間と、そのまわりに存在する世界というものの大きさ。

そうしてマックロスキーはそれらをあくまでも、休暇中の一家族の生活の範囲で描こうとする。その健全さが私は大好きだ。

物語の終りちかく、ピンク色の夕暮れを背景に、一家が海辺の家をひきはらう場面がある。この絵本全体がそうであるように、ここにも登場人物たちの会話や感情描写は一切ない。みんな黙々と荷物を手押し車に積んでいる。そして、なにも説明されなくても、彼らの胸のなかにたくさんの出来事がつまり、そこを去る淋《さび》しさと、旅の疲労と休暇をすごした充実感とがないまぜになっているのがわかる。

マックロスキーは書く。

潮のみちひきにあわせていた時計を、スクールバスのゆききにあわせるときだね。おまえたちのにもつもつめなさい。たからものをわすれないように——かもめのはねや、貝がらや、おしばをいれた本や、みさきの年へた岩のわれ目でみつけた水晶も。

本を閉じることさえ、せつなくなってしまうではないか。

『すばらしいとき』
（ロバート・マックロスキー＝文・絵／わたなべしげお＝訳／福音館書店）

もうひと夏のおわりだ。
おまえたちも 島を去るときだ。
はまぐりたち、いがいたち、ふじつぼたちよ、
さようなら。からすたち、つばめたち、
かもめたち、ふくろうたちよ、さようなら。
うにたち、あざらしたち、いるかたちよ、
さようなら。
潮の みちひきに あわせていた時計を、
スクールバスの ゆききに あわせる
ときだね。
おまえたちの にもつ つめなさい。
たからものを わすれないように——
かもめのはねや、貝がらや、おしばを
いれた本や、みさきの年へた岩の われ目で
みつけた 水晶も。
あ、それから 子どもたち、
歯ブラシを わすれないように。

18

19

ごつごつしたかなしみ

斎藤隆介と滝平二郎の絵本によせて

小学校に、おがたくんという男の子がいた。緒方だったのか尾形だったのかわからない。一、二年生のときにおなじクラスで印象深かったのにその後の記憶がないので、たぶん三年生からずっと別のクラスだったのだろう。おがたくんは小柄で色が白く、いつも長袖《ながそで》のシャツを着て、眼鏡をかけていた。オロナミンCのこんちゃんみたいだ、と、私はひそかに思っていた。非常な読書家で、休み時間はいつも一人で本を読んでいた。誰に対してもですます調で話すので、それが彼を奇妙に大人っぽくみせもし、同時にまわりから孤立させもしていた。

二年生のときに「学級文庫」ができた。教室の隅に机が置かれ、みんながそこに本を持ちよって、好きに読めるようにする、というもので、利用は自由意志にまかされた。私も『花さき山』を持っていき、本は全部で七、八冊あつまったが、こういう試みが往々にしてそうであるように「学級文庫」はほとんど誰の興味も惹《ひ》かず、放置されたあげく数週間後に撤去された。読書家のおがたくんでさえ、たった一度しか利用しなかったのだ。その一度が『花さき山』だった。

はじめ、おがたくんは立ったままぱらぱらと頁を繰っていたが、やがて自分の席に持ち帰り、熱心に読みだした。私はそれを遠くでみていた。

あのときのおがたくんの、真剣な表情は忘れられない。ああいまおがたくんは山んばのところにいる。そう思った。彼の体は教室にあるのに、彼の中身は全然別の場所にいる、ということが傍目《はため》にもわかった。

読みおわると、おがたくんは立ちあがり、本を「学級文庫」の机に戻した。私は知らん顔をしていたが、ほんとうはそばによっていき、おもしろかった？　と、訊《き》きたかった。『花さき山』には、そういう思い出がある。

それに、ちょうど妹が生まれた頃でもあったので、あやの小さな淋しさが、他人《ひと》事《ごと》とは思えなかった。まっくら闇《やみ》に、あかいあかい花がぽっかりさいている頁はとくに鮮烈に憶《おぼ》えている。ながい髪をもつれさせた山んばの姿も。

鮮烈――。斎藤隆介・滝平二郎の本はみんなそうだ。母が彼らの本を好きだったせいで、『花さき山』や『八郎』や『モチモチの木』のような絵本も、『ベロ出しチョンマ』や『ちょうちん屋のままッ子』のような読み物も、私はくり返し読んでもらった。大人になって読み返したりはしていないのだけれど、その独特の世界は強く心に刻まれ、なにかのときにふいに顔を出す。たとえば冬の夕方、公園のなかを通るとき、細部までくっきりと黒い木のシルエットをみると思う。ああ、モチモチの木。夜中、木が風に揺れる不穏な音で目がさめてもやっぱり思う。あ、モチモチの木。体格のいい男のひとをみれば、八郎みたい、だと思い、背中がかゆいときには寒い母を思いだす。

ごつごつしたかなしみと、のがれられない本質的な恐怖。

彼らの絵本から受けた、私の印象はその二つだ。物語も絵もそれぞれ頑固で強烈で、読み手を遠慮なく揺さぶる。勿論、そこには人間の無力さと同時にやさしさ、

『八郎』（福音館書店）
『花さき山』『モチモチの木』（岩崎書店）
※すべて斎藤隆介＝作／滝平二郎＝画

『モチモチの木』より

いとおしさ、逆にそれ故《ゆえ》の強さまで描かれているわけだけれど、そういうところよりも、圧倒的なかなしみと恐怖が胸を塞《ふさ》いだ。そして、それを認めることで、不思議なやすらぎが得られた。

滝平二郎の描く闇と色彩、りゅうとした線の力強い美しさ。どの物語の文章も方言で書かれているけれど、それがほんとうにいいのだ。武骨でいて繊細。擬音語や擬態語の響きのよさもさることながら「 」つきのセリフがまた巧妙で、「あい仕方ね、あいすか、あいすか」というようにおおらかなものから、たとえば鬼と刺し違えに駆けていくふきの、

「さいなら」

という短い言葉や、

「したらば、まんつ」

という八郎の最後の言葉のように胸にささるものまで、どれもほんとうに色彩豊かだ。

おかしいのは、どの話もとても親しい気がすること。方言自体私にはなじみがな

いし、着物——べべ——を着てにぎりめしを食べ、たえず自然の脅威にさらされながら、鬼や山んばをおそれ、貧しくも健気に生きる村人たちの暮らし——それは、常に病気や死ととなりあわせだ——は、私にとって全く未知のものなのに、なぜだかすーっとしみとおる。よく知っていること、のような気さえする。

この人たちの本には、不幸をウエットにしない強さがあると思う。どの本にも漂うごつごつしたかなしみは、ふしぎなあかるさを放っている。たぶん、そのあかるさが、生命力と呼ばれるものなのだ。

つつましい輝き
くんちゃんの絵本によせて

岩波書店から一冊、ペンギン社から六冊。くんちゃんの絵本は全部で七冊邦訳されている。でも、知らない人も案外おおい。

くんちゃんの絵本は地味だ。地味だけれどとても美しい。一冊ずつ大切に描かれた美しさ。だから、読む者にも、一冊ずつが大切な本になる。

まず、色の美しさ。基調はどれもペン画の黒で、『くんちゃんのだいりょこう』はそこに青が、『くんちゃんのはじめてのがっこう』はやわらかくしぶい茶が、『くんちゃんはおおいそがし』はオレンジが、刷《は》かれている。『くんちゃんとにじ』は黄色が、『くんちゃんのはたけしごと』は濃い緑が、というふうに、どの本も二色

『くんちゃんのだいりょこう』（石井桃子＝訳／岩波書店）
『くんちゃんとにじ』『くんちゃんはおおいそがし』『くんちゃんのもりのキャンプ』
『くんちゃんのはたけしごと』『くんちゃんのはじめてのがっこう』
（以上５点、まさきるりこ＝訳／ペンギン社）
『くんちゃんとふゆのパーティー』（あらいゆうこ＝訳／ペンギン社）
※すべてドロシー・マリノ＝文・絵

『くんちゃんのだいりょこう』より

だけの簡潔な構成になっていて、それぞれの色がまた実に効果的なのだ。澄んだ冬の空気と空の青。あたりいちめん燃えるような秋のオレンジ、雪景色のところどころにあたたかく灯るみたいに印象的な鮮やかな赤。すっきりした線の媚《こ》びのない絵は、そういうシンプルでいながら豊かな色を加えられることによって、いきいきと生活感をもつ。

しゃれてるなあと思う。

くんちゃんの絵本は、どれもくんちゃんの日常の、ささやかだけれどみちたりたエピソードでできている。

たとえば、退屈でたまらないくんちゃんがおもてにでて小石を蹴《け》りまつかさを蹴り、木ぎれを川に浮かべ、小石をひろい土のいえをつくり、くるみをひろい、それを木のうろにかくし、うさぎになり探検家になり、とうとう「おおいそがし」になるまでの、幸福な一日の物語。

たとえば、はじめて雪をみてはしゃぐくんちゃんが、雪のせいで食べ物のなくなってしまった小鳥やうさぎたちに食べ物をわけてあげ、そのうちにパーティをしようと思いつく。お母さんに手伝ってもらって飾りをつくり、クッキーを焼き、帰ってきたお父さんを喜ばせる温かな物語。

たとえば、はじめて学校にいく日。うれしくて早起きし、途中で出会うみつばちやこうもりやビーバーに、「ぼく、がっこうへいくんだよ。きみもいく？」と話しかけるくらい勇んでいたというのに、いざ教室に入るとくんちゃんはたちまち畏縮《いしゅく》してしまう。怖気《おじけ》づき、あいているドアから外にとびだす。窓から、教室のなかをそっとのぞくくんちゃん。最後には、先生の問いかけに外から、「くま、くるみ、くまんばち！」と、大きな声でこたえてみんなの仲間入りをするのだけれど、そんな、少し緊張する一日の物語。

どの物語にも、小さいひとにとって等身大の日常があり、くんちゃんの心の動き――微妙で繊細でくったくのない動き――が丁寧に描かれている。

微妙で繊細でくったくのない動き。

くんちゃんの絵本の魅力はまさにそこにあると思う。そして、くんちゃんの本を読んでいると、そういうくんちゃんをくんちゃんたらしめている世界のやさしさに気がつくのだ。世界というのはくんちゃんにとっての世界。目にふれるすべての物、出来事、そして生き物。

実際、ここにでてくる動物たちはみんなどこまでもやさしい表情をしている。くんちゃんと両親は勿論、りすも、小鳥も、ゆきぐままで。

なにがあっても絶対に自分の味方だ、とわかっている人がいるということは、人生を素晴らしくいいものにする、と思う。無条件に自分の側に立ってくれる人。くんちゃんの家族のように。

くんちゃんは、頼もしいお父さんぐまとやさしいお母さんぐまのつくるおおらかな空気にいつも包まれている。彼らは決して子供の邪魔をしない。くんちゃんが、冬眠もせずに鳥のように南の国へでかけたいと言いだしても叱《しか》らない。お父さんがお母さんに一言、「やらせてみなさい」と言うだけだ。また、虹《にじ》のねもとに金のつまったつぼが埋まっている、という話を信じて探しにいったくんちゃんが、結局ははちみつを持って帰ったときも、夕ごはんにそのはちみつを食べながら、「くんちゃんがきんのつぼをみつけにいってくれてよかったこと!」と、おおらかにお母さんは言う。だからこそ、くんちゃんは安心して「だいりょこう」にもでかけられるのだ。

私は、くんちゃんのようにまっすぐな心で世の中を生きられたらすてきだ、と思う。

くんちゃんの絵本には四季がある。あたたかな家族がいて、生活がある。世界は、つつましい輝きにみちている。

くらくらする記憶

『おこちゃん』によせて

日常を生きるには、逞《たくま》しくなくてはいけなかった。『おこちゃん』を読んで、それを思いだした。

この顔！ この髪の毛！

全部の頁《ページ》に躍動している『おこちゃん』は、体全体から生きるエネルギーを発散させている。心臓が動いているということや、体じゅうの血管を血がかけめぐっているということや、ふさわしい重さの脳みそがちゃんとつまっているということが、このうえない明快さで伝わってくる。

中身の充実した子供だ。はちはちした手足の表情でそれがわかる。

読んでいて思いだしたのだけれど、子供のころ、自分の手足が奇妙なものにみえることがあった。自分がこういうかたちの生き物なのだということを、少しずつ学んでいたころ。子供のもっている「熱」のようなもの。おこちゃんも、そんな感じを味わっているのかもしれない。

読んでいて思いだしたもう一つのこと。体というものは、妙な恰好《かっこう》のときに存外おさまりがいいものだ。海辺で絵をかくおこちゃんの、おしりをつきだしたうしろ姿みたいに。

この恰好！　この動作！

まったく、なつかしく苦笑させられる。

おこちゃんのそのパワフルな存在感に加え、まわりの大人たちの自然さもまた、この絵本の大きな魅力だ。まわりの大人たちというのはおこちゃんの家族。上品な眼鏡と白いかっぽう着の似合うばあちゃんや、鯉《こい》とテレビと海が好きで、背広も和服もピンクのセーターも似合ってしまうスタイリッシュなじいちゃん、洗濯とチューリップの好きな、きれいであかるいかあさんや、登場回数は少ないながら、手品をしたり自動車事故をおこしたりとなかなかやってくれるとうさん、それに、おこちゃんとおなじサイズの白くて皮膚のうすい（これは憶測。でもさわると体温が伝わってくるにちがいない）犬のゴロー。

そういうおおらかな人々に囲まれて、おこちゃんはいきいきと日々を謳歌《おうか》している。

彼らはみんな自分たちの生活をしていて、そのことが本のなかをとても居心地よくしていると思う。家のなかでの「子供」の位置のようなもの、慈《いつく》しまれながら「一人」になれる場所。

びっくりひっくりかえってばかりいるこの一家の日常に、いつのまにかまきこまれる快感はすてきだ。

目をうばわれるのは色彩の美しさ。

どの頁も、ほんとうにめくるめく色鮮やかさだ。チューリップのピンク、海の青、錦鯉《にしきごい》の迫力、いちじくの木の庭にふりそそぐ日ざし。

しかも、すごくしっとり落ち着いている。みかんのしるであぶりだしをしたとき

『おこちゃん』（山本容子＝作／小学館）

のような、紙の地色と質感のせいもあるのかもしれないが、これだけ鮮やかな色彩があふれていて、なおかつあっさりしていて風通しがいいのはどうしてだろう。

さらに不思議なことに、どの風景の色あいも、まちがいなく日本なのだ。こんなに鮮やかでもアメリカのビビッドさとはちがうし、東南アジアの色彩の強さとも、ヨーロッパの洒落《しゃれ》っ気ともちがう。湿気の含み方なのかもしれない。ところどころに配されたなつかしいものたち――濡《ぬ》れ縁や下駄、かなだらいや木の電柱、おかってと呼びたいような台所の風情《ふぜい》――が完璧《かんぺき》におさまるあかるさ。

それを背景に、エピソードはどれも童謡のようなリズミカルな言葉にのせて綴《つづ》られる。シンプルで力強くて、説明不要でなんとなくおかしい。

おもしろいなと思うのは、一つの場面に一人の人物が何度も描かれること。だから印象がにぎやかなのだけれど、こうすると動作ごと映像になるだけじゃなく、読み手の個人的な記憶も揺さぶられるように思う。この本の喚起する強烈ななつかしさ。

記憶というのは混沌《こんとん》としたものだと思う。どんなに鮮明な記憶も不可避的に混沌として、ある種の多重構造を持っている。多重構造というのはつまり、思いだすたびに物語がうまれる、という感じ。

一つの場面に一人が何度もでてくる絵は、その記憶の多重構造にぴったりだ。たくさんのおこちゃん、たくさんの物語。そして、私たちは頁をめくるたび、あふれかえる日ざしのなかで、何度でも、思う存分びっくりひっくりかえれるわけなのだ。

コークス色の旅

『海のおばけオーリー』によせて

小学校の裏庭にコークス小屋があり、冬のあいだ日直はこのコークスを、毎朝バケツいっぱいにスコップですくって教室に運んでおかなくてはならなかった。バケツの重いことは勿論《もちろん》だったが、私は体の小さい子供だったので、大きなスコップの扱いそのものに苦労した。コークスの山にがさっと突きさすまではいいのだが、そのあとスコップはうんともすんとも動かなくなる、渾身《こんしん》の力をこめてスコップを持ちあげ、よろよろしながら中身をバケツにあけたものだった。

コークスというのは石炭を乾留したもの。ストーヴにくべる。独特の、やすらかな匂《にお》いがした。ストーヴはおんぼろのロボットみたいな形をしていて、つぎはぎだ

『海のおばけオーリー』（マリー・ホール・エッツ＝文・絵／石井桃子＝訳／岩波書店）

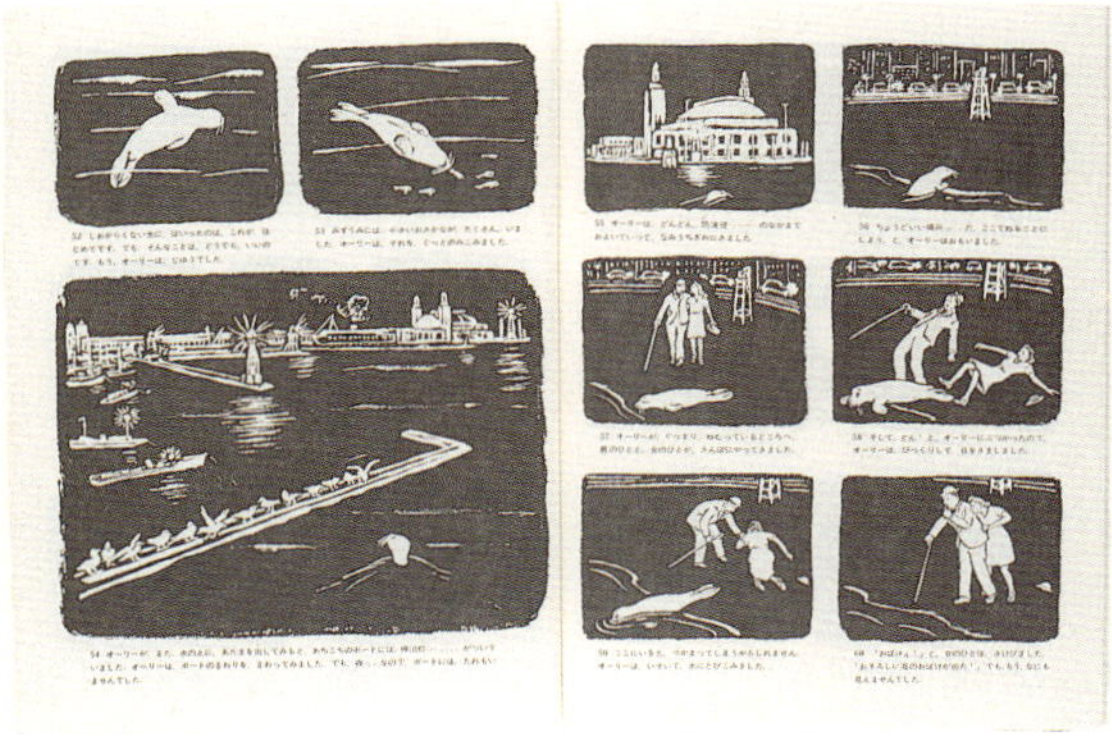

らけの無骨な腕を、天井にのばしていた。

これは、あの、コークスの色だ。

これというのは『海のおばけオーリー』。一つの頁をいくつものこま割りにして、一四三枚の絵と、その一つ一つに添えられたキャプションとで語られるこの物語は全編白黒なのだけれど、その黒がほんとうにやわらかく美しく、黒というより墨色で、さらにいうなら墨色というより炭色で、みればみるほどあたたかく味わい深いのだ。

とくに夜の海の色！

墨一色で、どうしてこんなに夜の海の色そのものがだせるのか不思議だ。水の質感、もったりとたゆたう感じの沖合いの水の動き、街のあかりをうつす水面。

墨一色といっても、昼間の場面はグレーの上に黒で、夜の場面は真黒の地に白くぬいて描いてあり、そのことが昼を昼らしく、夜を夜らしくみせている。

これはあざらしの赤ちゃんの冒険譚《たん》で、「あるみなとのそばの海べ」で生まれたところから、水兵につれ去られ、動物屋に売られるところ、そこでの日々、それからまた水族館に売られるところ、飼育係にかわいがられ、芸をおぼえてみんなの人気者になるところ、と、次々に変わっていく境遇が描かれる。殺されかけ、飼育係に逃がされたオーリーは湖にでる。それから海にむかって旅をする。母親を恋しく思ってときどき涙を流しながら、それでも一つ一つの境遇に素直に身をまかせながら生きていくオーリーの、その場その場に順応しようとする動物らしい強さ、というか普通さ、正しい野生味、というようなものが、読みすすむうちに胸をうつ。

夜ごと波間に出没するオーリーはおばけとまちがえられ、陸地では大騒ぎになってしまう。大騒ぎする人間たちと、そんなことになっているとは思いもつかない無邪気で一人ぼっちのオーリーとの、鮮やかな対比がおもしろい。

エッツらしいなと思うのは、キャプションが全部たんたんとしていること。オーリーを擬人化したり、物事を必要以上に感傷的に描写したりしない。また、ここには特別な悪役はでてこないのだけれど、人間たちが全部——ただの罪のない海水浴客でさえ——得体の知れない不気味な危険な存在にみえること。男の人たちも、女の人たちも、子供たちさえも。

私たちは自分が人間であることも棚にあげて、やすやすとオーリーの目から陸地を眺められるのだ。

なんといっても私は夜の海の場面が好きで、かたちよくまるい頭を水面にだし、街のあかりを眺めるオーリーの姿にはうっとりする。その一人ぼっちさ加減孤独さ加減、また一方で大人さ加減成熟度加減。

なかでもオーリーが遊覧船といきあう場面、「オーリーは、大ぜいのひとや、音楽がすきでした。オーリーが、水族館でしたように、大きななみをたてて見せると、みんなは、わぁわぁ大さわぎしました」というところは大好きで、人生の一回性というかオーリーの個別性、幸福とか不幸とか、単純には区別できない人生の醍醐味《だいごみ》みたいなものが、ここにはたしかにあると思う。

一三九こま目は見ひらきいっぱいの地図。オーリーが旅したルートを点線の矢じるしで示してあるのだけれど、それによると水族館はミシガン湖畔にあったらしい。ミシガン湖からヒューロン湖、エリー湖、オンタリオ湖。セント・ローレンス川を北上し、海にでてノバスコシア半島をぐるりとまわる。気の遠くなるような旅だ。

おなじ地図に直線の矢じるしもついていて、これはオーリーがつれ去られた道順。ボストンからは列車にのっている。

以前子供の本屋で働いていたとき、児童図書館の事務雑用の手伝いをしていた。八つの小さな児童図書館から、損耗本リストというのが毎月届いた。損耗本リストとは、文字どおりぼろぼろになってしまった本のリスト。私の仕事はそれを補充することで、それぞれの図書館あてのダンボール箱に、それぞれのリストにある本をつめて送った。『海のおばけオーリー』は、どの図書館でもしょっちゅうぼろぼろになる本だった。送っても送ってもリストにのる。その人気におどろきながら、まっかな表紙の、大きな絵本を箱につめた。あのオーリーたちも、一匹ずつ、はるかな旅をしたのだろう。

セレナーデ

『あひるのピンのぼうけん』によせて

水が好きなので、水のでてくる絵本はたいてい好きだ。ロジャンコフスキーの『川はながれる』も、ジュリエット・キープスの『ゆかいなかえる』も、マックロスキーの『すばらしいとき』や『海べのあさ』も、エッツの『海のおばけオーリー』も。

水はおもしろい。透明で、形をもたず、言葉も使わず、それでいてほれぼれするくらい表情豊か。しかも、水は、絵本という媒体を通したときに、ひときわその個性を発揮するように思う。写真よりも、映画よりも、小説よりも。

はじめてピンの絵本をみたのは十年くらい前、青山の洋書屋さんでだ。ペーパーバックを偶然みつけた。晴れた暑い夏の日で、表紙の涼しげな水にすいよせられるようにして手にとった。なかをぱらぱらとみて、あ、中国だ、と思ったとたん、行ったこともないその土地の、たっぷりと豊かな水が、説明のできないなつかしさと親しさで目の前にひろがった。夕暮れの揚子江の黄色い水、そこに沈む夕日。ゆったりした波紋のひろがり方までありありと思い描けた。

邦訳がでていることを、つい最近まで知らなかった。『あひるのピンのぼうけん』。訳者はまさきるりこさん、版元は、『シナの五にんきょうだい』を復刊した瑞雲舎。

巻末の説明によれば、マージョリー・フラックは「代表作の『アンガスとあひる』（一九三〇年）を描いている時、アヒルに興味を持ち、その生態の勉強を始めた。そしてピンのお話ができあがった」由《よし》。

むかしむかしあるところに　ピンという　とてもうつくしいこどものあひるがいました。

というのがこの本のでだしなのだけれど、平和な川の風景から始まって、物語はすべるようにやさしく動きだす。読者はピンの視点で、まんまんと水をたたえた揚子江をなめらかに泳ぎながら、そこから船や空や水や陸地やほかの鳥や人間をみる。朝の揚子江、夕方の揚子江、そのときどきの水の表情。

ディテイルがいいのだ。まず、「とてもうつくしいこどものあひる」という言葉の響きがすでに物語を含んで美しいし、あひるたちの住む船の名前が「かしこい目」というのもなんとなく味わい深くて一度読んだら忘れられない。ヴィーゼの描く船の絵に、ほんとに目がついているのもとぼけていていい。そして、いつもうつむき加減の「ふねのご主人」の、麦わら帽子としずかなたたずまい。

私は、たとえば十二頁のピンのうしろ姿が好きだ。水に透けてみえる二本の脚が愛らしいの。微笑《ほほえ》ましい、というのはこういうことをいうのだろう。

この場面のピンは「きみょうな黒いとり」を眺めていて、この鳥たちは、首に小さな金属の輪をきっちりとはめ、ご主人のために水にもぐって魚をとっている。自由の身であるピンは一人で彼らを眺めているわけだけれど、そこにはかすかな不安

『あひるのピンのぼうけん』
（マージョリー・フラック＝文／クルト・ヴィーゼ＝絵／まさきるりこ＝訳／瑞雲舎）

そこへ、みなれない黒いとりを　いっぱいのせたふねが
やってきました。ピンがみていると、その黒いとりたちは
ふねのご主人のために、水にもぐって　魚をとっているのでした。
とりがご主人のところへ　とった魚をもっていくと、ご主人は
そのとりに、小さな魚をやりました。

12

黒いとりたちは　すぐちかくまでやってきて、
ピンのそばをサッとかすめて　とおりすぎていきました。
すると、どのとりの首にも小さな金ぞくの輪が　はまっている
のがみえました。輪は、とてもきっちりはまっているので、
とりたちは　とった大きな魚をのみこむことができないのでした。
　スイーッ、バシャッ、バシャッ！　くびわをはめた黒いとり
たちは、ピンの右や左を矢のようにかすめていきます。

13

が頭をもたげている。黒い鳥たちは働かされているとはいえ仲間と一緒だし、なによりもそれが彼らの「日常」なのだ。日常からはぐれてしまったピンの心もとなさが、上手に伝わってくる頁だと思う。

冒険は続く。ピンはたるをしょった男の子に出会い、その家族にあやうく食べられそうになる。絵も文章も写実的なので、船の上で、男の子の家族がピンを囲んで嬉《うれ》しそうにして、「あー、あひるのごちそうが　やってきたぞ！」（お父さん）とか、「こんばん、お米といっしょに煮て、あひる料理をつくりますよ」（お母さん）とか言う場面のピンはただのごちそうとしての鳥にみえ、そのことが逆に、次の頁――かごをかぶせられ、かごのあみ目のすきまから外をみている一人ぼっちのピン――への共感をかきたてる。

ハッピーエンドにごく自然に流れつくのも素敵だ。そういうふうにできている「おはなし」というものに、私はとても憧《あこが》れる。

クルト・ヴィーゼの絵がさらりとして感じのいいことはいうまでもないが、六年間中国で暮らしたというこの画家は、ある時代のこの国の、長閑《のどか》でおおらかなあかるさのようなものを美しく活写している。たとえばなだらかな山なみ、遠くにみえる家々、人々の表情や衣服。マージョリー・フラックの素直な物語とあいまって、とても感じのいい一冊になっている。音楽でいうなら、ささやかだけれど美しいセレナーデ、という感じ。

日の傾いた大きな川、土まじりのなまぬるい水、それからふねの御主人の、「ラーラーラーラーラーリー！」という呼び声が、余韻となって胸に残る。

あかるいうみにつきました

『せんろはつづくよ』によせて

アメリカの田舎町に住んでいたころ、気に入りの橋があった。スーパーマーケットにいく途中にある橋で、下には草と線路がみえた。はじめてみたとき、線路が信じられないくらいどこまでもまっすぐのびていて、ちっともカーブしていないことにおどろいた。まわりに建物が一切ないので、そこに立つと、空と、草と、線路だけがはてしなく遠くまでみえるのだった。夕方そこにいるのが好きだった。

短大にいっていたころ、西武新宿線の中井という駅から通っていた。各駅停車しか停まらない、小さな、うらさびしい駅だったのだけれど、ある日、「女流文学」という授業のなかで、林芙美子がその中井の駅を、「ふるい、小さなロシアの駅の

M.W.ブラウン文 J.シャロー絵
与田準一訳
せんろは
つづくよ
岩波の子どもの本

『せんろはつづくよ』
（マーガレット・ワイズ・ブラウン＝文／ジャン・シャロー＝絵／
与田準一＝訳／岩波書店）

2だいの　ちいさな　きかんしゃは
かわの　うえを　わたります。
2だいの　ちいさな　きかんしゃは
てっきょう　わたって　はしります。
ぱふぱふ　ちゃくちゃく
ぱふぱふ　ちゃくちゃく。
にしへ　むかって
ぱふちゃく　ぱふちゃく。

よう」と形容していることを知り、それ以来、とくに曇った冬の日などは、そのちっぽけな駅がなんとなくそれらしくみえ、そこから見おろす線路もまた、ペテルスブルグやモスクワにつづくそれのように思えた。

線路や電車をいいものだと思うようになったのはいつごろだろう。どこかに続いている、ということにはげまされるようになったのは。

質実剛健な外観や、その外観に似ず穏やかな内部、規則的な音。列車というものは寡黙《かもく》でやさしい。

『せんろはつづくよ』には、そのやさしさが溢《あふ》れている。小さな判型といい、グレーとピンクの表紙といい、バランスも完璧《かんぺき》。線も、色彩も、構図も。

「みてごらん、みてごらん　てつの　せんろが　みえるでしょう、ながい　せんろが　みえるでしょう　にしへ　むかって　つづいてる」

という頁《ページ》は、たったあれだけの線でみる者をどきどきさせるし、雨と、雪と、月夜と、朝日の、おなじ構図の連続見開き四頁はしずかながら圧倒的な臨場感で、雨に濡れて黒光りする列車の様子や水を含んだ空気の匂い、空いっぱいにぼわぼわとおちてくる雪や、その雪をかぶった列車の白さ、あかるさ、月に照らされる安心、朝、というもののもつ一種空虚な身軽さ、まぶしさ、そういうものがいちいち胸に刻まれる。

つり人が糸をたらしている川の上の鉄橋をわたるシーンから、頁をめくると一転まっくらな川のなか、という展開も見事だ。

そして、これだけデザイン的に優れて美しいのに、こうまでやさしくて温かいのはふしぎなことだ。線の一本一本に視野のすべてを慈しむような視線を感じる。これはやっぱり、『おやすみなさいのほん』のワイズ・ブラウンとシャローだからこそだろう。

物語から何かを得るという発想は好きではないけれど、何かが雨みたいに雪みたいにふってきて、いやおうなくしみてしまう、というのなら素敵だ。それがこの本の場合のように、勇気、というようなものだったりするとほんとうに嬉しい。くり返し読むうちに、どんどん力がたくわえられる。それはポパイのホウレン草のようなものではなくて、もっとしずかに、こっそり体内にしずむもの。知らないうちにそのひとの、血や肉になるもの。基礎体力をつけるもの。

物語の出だし、

「1だいの　ちいさな　きかんしゃは　さいしんしきの　きかんしゃです、にしへむかって　ぱふぱふ　ぱふぱふ。1だいの　ちいさな　きかんしゃは　ふるい　ちいさな　きかんしゃです、にしへ　むかって　ちゃぐちゃぐ　ちゃぐちゃぐ」

という頁にしても、二台の機関車はどちらものびのびしていておおらかで美しく、どちらもそれはそれは素敵なものにみえる。そういう、とても単純であたりまえのこと。

二台はずっと並走していくのだけれど、そのことの幸福、そのことの心強さ。そういう、やっぱり単純でよろこびに満ちたこと。昼も夜も、雨の日も雪の日も。

これで勇気づけられないはずはない、というような、素直でかざらない、小さな光のような本だと思う。

物語のおしまいに、機関車は二台とも海につく。海と、二台の機関車と、やしの木（らしき木）と、砂浜に脱ぎ散らかされた服や靴、そして海に入っている二人の子供。

「ようやく　にしに　つきました、おおきな　あおい　うみでした。2だいの　ちいさな　きかんしゃは　のこえ　やまこえ　きたのです　ながい　ながい　たびでした。くたびれたけど　きみと　ぼく　あかるい　うみに　つきました、たのしいうみに　きたのです」

豊かな喜び

トミー・デ・パオラの絵本によせて

宗教画を好きになったのはいつごろからだろう。十代のころは苦手だった。宗教というものをなにか特殊なものだと思っていたし、宗教画はどれも似ているような気がして、つまらないと思ってもいた。

絵や絵本を単純にみる、というか、裸の目と心でみる、ことをおぼえたのは二十歳をすぎてからで、宗教画が俄然《がぜん》好きになったのも、たぶんそのころからだった。お金を貯《た》めて厚ぼったい画集を買っては一枚ずつくり返し眺めたし、聖書そのものを読んでみたりもした。宗教画の豊富な美術館がフィラデルフィアにあり、そこは、留学中の私の、ひそかな気に入りの場所だった。

宗教画はおもしろい。そのストーリー性もさることながら、気持ちの込められ方がストレートでおもしろいのだ。とても赤ん坊とは思えない、老成した顔つきのキリストや、かなしげだったり意地悪そうだったり、おっぱいが肩についていたり――きちんとドレスを着たままで、涼しい顔で授乳している――、なかなかみせてくれる聖母マリア。美しくてシュールだ。古いものはとても素朴だし、なによりも愛と祈りにみちている。

トミー・デ・パオラの絵本は宗教画に似ている。それは無論この画家が好んで神様やクリスマスを題材にしているせいでもあるのだが、たとえば全然そうではないもの――『まほうつかいのノナばあさん』シリーズや『ヘルガの持参金』――についてもいえることで、それはつまりトミー・デ・パオラという人が、自分の生き方や信仰を、つねにまっすぐ作品に投影させる作家だからなのだろう。私はそのことにまずうたれる。どの一冊をとっても、彼の誠実で地道で妥協のない姿勢が伝わってくる。人生を肯定するそのやり方、ゆるぎないけれどとても謙虚なのだ。『神の道化師』のなかで、端的に力強く描かれるジョバンニの生涯や、持参金がないために婚約者に心変わりされ、自分で働いて持参金をつくるヘルガというトロルのまっとうさ、恰好《かっこう》よさ（『ヘルガの持参金』）。一人一人が特別だということ、与えられた人生を、それぞれの方法でちゃんと生きぬくということ（ちなみに、たっぷりと持参金をつくったヘルガは、戻ってきた婚約者をぴしゃりとふる。そのときの啖呵《たんか》の胸のすくこと！）。デ・パオラのクリスチャニティは、とてもしずかに、ときにユーモラスに、とてもたしかに私たちに届く。

謙虚というのは必ずしもそうストイックなものじゃなく、つつましいながらも豊かでみちたりたものなのだ、と、この人の絵本は教えてくれる。あかるい色彩をふんだんに使って、花や鳥やハートや装飾的な縁どりをちりばめて描かれたデ・パオラの絵は、どんなにコミカルなものでも浮き足だたない。そこには質素な生活があるし、祈りがあるからだと思う。謙虚というのはつまりそういうこと。私は、デ・パオラの描く瓦《かわら》屋根の色や鳩《はと》のフォルム、中世のヨーロッパの澄んだ空気や夜空の青さ、人々の服のドレープの美しさが大好きだ。

デ・パオラはまた、愛の作家だ。『ドロミテの王子』は月光と薔薇《ばら》に彩《いろど》られた愛

『クリスマスキャロル』(トミー・デ・パオラ=絵/リブロポート)
『神の道化師』(トミー・デ・パオラ=作/ゆあさふみえ=訳/ほるぷ出版)

『クリスマスキャロル』より

の物語だし、題名を忘れてしまったが、失恋したピエロの物語もかいている。神様と信仰、心豊かな生活と人々の喜び、それから愛。これだけ揃《そろ》えば、デ・パオラがクリスマスを描いてピカ一なのは納得がいく。本領発揮。『あすはたのしいクリスマス』にしても、『クリスマスキャロル』にしても。

この人の描くクリスマスの絵は、しみるように美しく、清潔。厩《うまや》も、星のかがやきも、天使も。ところどころに顔をだす動物たちにしても、ろばはろばらしく、牛は牛らしく、うさぎはうさぎらしく、馬は馬らしくありながら、神の創造物にふさわしく、とても清潔であたたかく、やさしいたたずまいだ。隅々まで祝福された絵だとみるたびに思う。

私の好きなクリスマスキャロルに「THE CHERRY TREE CAROL」がある。どういう歌かというと、年老いたヨセフとヴァージン・マリアが結婚し、ある日二人は散歩をしている。マリアはヨセフに、「さくらんぼをとって下さい。私のおなかには赤ん坊がいます」と丁寧にお願いするのだけれど、ヨセフは怒って言い放つ。「赤ん坊の父親にとってもらえばいいじゃないか」。すると、マリアのおなかのなかからキリストが言うのだ。「さくらんぼの木よ、頭をたれて、母にその実をとらせなさい」さくらんぼの木は深々とおじぎをし、マリアはさくらんぼをとりました、という歌。

『クリスマスキャロル』のなかで、デ・パオラはこれにとても愛らしいまっかな絵をつけている。素朴でちょっと可笑《おか》しくて、実になんともぴったりの絵。デ・パオラの目は、真実を見抜く目だと思う。

幸福きわまりない吐息

『トロールのばけものどり』によせて

去年、妹と北欧を旅行した。デンマークと、ノルウェイと、スウェーデン。何もかも大きくておどろいた。人も景色も料理の一皿も。私も妹も、たちまち子供じみた気持ちになった。見上げっぱなし――駅のカウンターで切符を買うのに背のびまでした――。

澄んだ空気ととがった山、暗い色のつめたい海。木も人も家畜も、大きく豊かに育つのだろう。

絵本も、だとは思わなかったが、『トロールのばけものどり』は、大きな絵本で、北欧以外では生まれ得なかったに違いない輝きと美しさにみちている。

『トロールのばけものどり』
（イングリ＆エドガー・ドーレア＝作／いつじあけみ＝訳／福音館書店）

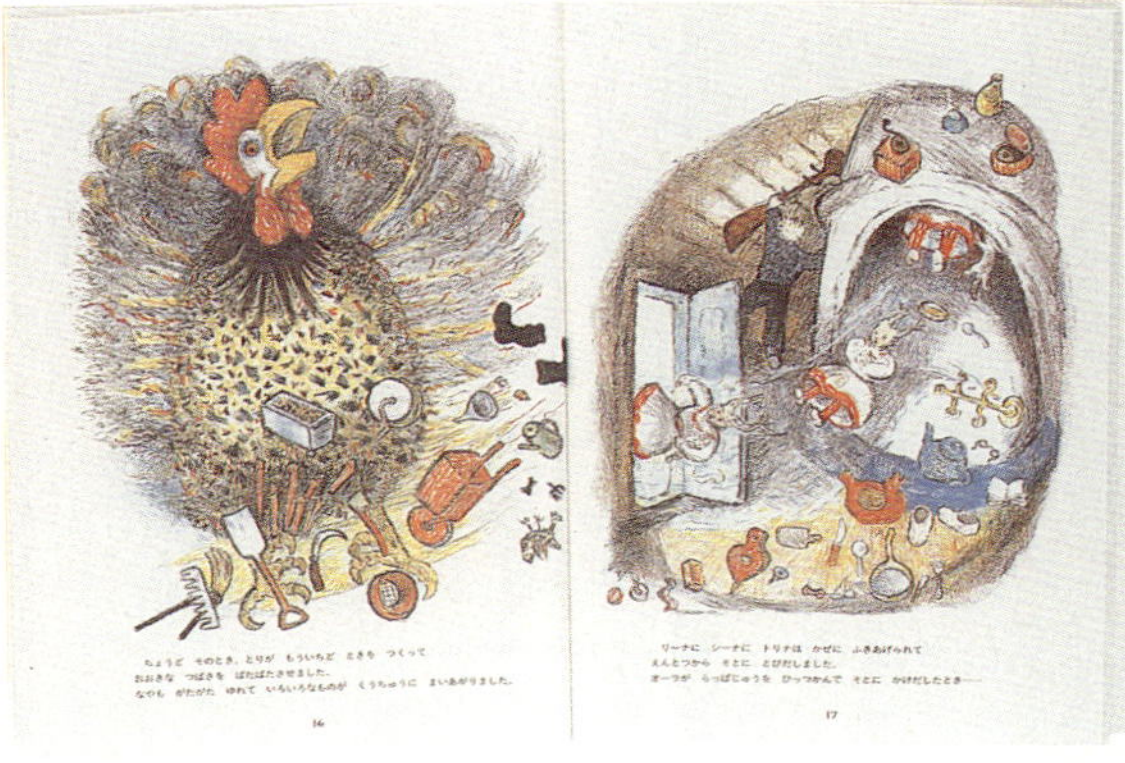

どう考えても、大きさが重要だ。大きな画面いっぱいに、大きな物語が展開する。たっぷり。安心して身を任せられる。

最近、自分の好きな子供の本について話す機会があったのだけれど、圧倒的に北欧の作家のものが多かった。無自覚だったので、おどろいた。

リンドグレーンやマリー・ハムズン、アンデルセン、トーベ・ヤンソン。北欧には、子供の本の、豊かな書き手がたくさんいる。みんな生活の細部をいつくしみ、同時にスケールの大きな物語を書いた人たちだ。土壌というのか国民性というのか、そこにはあきらかに風土とのつながりがあるわけで、書き手たちは、長く寒い冬を持つそれらの国々で、たのしさや美しさや冒険や日々のよろこびを、本の中に閉じ込めてきたのだろう。

質素で贅沢《ぜいたく》。

それらの本の印象は、それにつきる。

ノルウェイの民話を元に、「オーラのたび」――これも大きな絵本！――の作者であるドーレア夫妻がかいた『トロールのばけものどり』をひらいたら、質素で贅沢、というのがどういうことか、たちどころにわかるだろう。

まず生活があり、そこに突飛な出来事が起こる。突飛な出来事は思いきり突飛で巨大なのに、その外側に、もっと巨大なものとして生活があるために、読者を含めた人々が、不穏に揺らぐことはない。一種の入れ子構造だと思う。どんなビッグバンも、その外側を人々の生活が、無意識といっていいくらいの根強さでとり囲んでいるために、奇妙にきこえるかもしれないが、大きな絵本にならざるを得ないのだ。

文章の与える情報より、絵の与える情報のはるかに多い絵本でもある。隅々まで愉快で、ほんとうに見飽きない。

「よこしまな　めつき」と表現されるとりの目つきの、これ以上ないと思われるよこしまさや、巨大なとりの羽ばたきで空中にまきあげられる子供たちの、何度見ても微笑《ほほえ》まずにいられない――ということは、状況が本気では心配でなく、うらやましささえ伴う――表情。お祭りの準備や、そのあとの食事の場面のディテイルの濃《こま》やかさ。たき火の熱や音楽や、料理のけむりや匂《にお》いや、人々の笑いさざめく声、すべてのあとに夜の森におとずれる空気のしずけさや清潔な湿り気まで、全部絵が伝えてくれる。

私はこの本の、途方もないダイナミックさが好きだ。しかも怯《おび》えずにそれをたのしめるよう、ちゃんと世界がととのえられている。

渋いのにあかるく、やさしいけれど薄っぺらくない色使いも素敵。やさしさと甘さのあいだには何の関係もないことを、みんなもっと思いだしてほしい。

読みおわったとき、幸福きわまりない吐息と共に、「ああおもしろかった」とつぶやいてしまう以上に、望むことなどあるだろうか。

誘拐の手なみ
『Zちゃん　―かべのあな―』によせて

Zちゃんの、ほそい手足とくっきりした耳と、まるくかたちのいいお尻《しり》。やさしい男の子だ、と、わかるのはなぜだろう。奇妙な覆面をしてるのに。

優れた物語の主人公が常にそうであるように、Zちゃんには絶対性がある。こういう顔の、こういう身体《からだ》の、こういう性質の、この男の子でなくてはならない。こういう帽子をかぶり、こういう靴をはき、こういう半ずぼんをはいた、この男の子である必然。

生身の人間を感じさせない容貌《ようぼう》のせいか、Zちゃんは、読者である私にとって、私の中のある一部分――たとえば正しさ、まっとうさ――の具現であるように思える。

井口真吾というひとは漫画家だと聞いた。Zちゃんも、そもそも彼の漫画の世界の住人であるらしい。読んでみたい、という興味はあるものの、この一冊の絵本の、あまりにも絵本的な完成度の高さを思うと、私は個人的に、この絵本でZちゃんと出会えたことを幸運に思う。

大胆な画面構成と色彩感覚。それでいて、古典的とさえ言える、瑕《きず》のない玉のような物語。手法としてではなく性質として、ごく本音で、こういう物語を書いてしまえるひとなのではないか、と、想像する。門も玄関も見えなかったのに、空き地で遊んでいるうちに勝手口から古典の館《やかた》にすべりこんでしまった、というような。

この絵本の、冒頭の構図と文章を、私は完璧《かんぺき》だと思う。

Zちゃんのへやのかべには、
ねずみのあながひとつあいていました。
そのあなからは　Zちゃんのともだちの

青ねずみちゃんがあそびにきます。

ノックアウトされてしまう。簡潔で、過不足がなく、絶対的で、疑問をはさむ余地がない。誰かの部屋、というだけでそこはすでに特別な場所だし、ねずみの穴、などというのはもとよりさらに特別な場所で、特別な場所という言葉と、物語、という言葉は、実質的に同義語なのだ。そこにもってきて、青ねずみちゃんというものが、まるで誰でもがよく知っているものであるかのような気軽さで、あたりまえに持ちだされる。

このたった四行で、私たちは本の中に誘拐される。

ああ、ぞくぞくする。私は誘拐されるのが大好きだ。誘拐される先が、斬新《ざんしん》な古典ならなおさら。

物語の醍醐味《だいごみ》は誘拐にある、と思う。手荒に、鮮やかにやってほしい。

たとえば、ツヴェルガーがファンタジーの闇《やみ》を描く画家ならば、井口真吾というひとは、ファンタジーを、袋をひっくり返すみたいにして、奇妙に明るい場所にひっぱりだす画家ではないだろうか。そっちを本拠と考えているようにみえる。私たちがいともやすやすと誘拐されてしまうのは、私たちの精神＝ファンタジー＝闇が、やはりそこを本拠としているからだろう。

闇。

Zちゃんがねずみあなに入っていく場面。ここは、だからつまりは里帰りなのだ。何もかもここから持ちだされたのだ、という青ねずみちゃんの説明を待つまでもなく。

頁《ページ》をめくる、という動作のみによって、読者はほとんど物理的に、闇の中につきおとされる。

文字が白抜きになっているこの数頁は、墨ではなく、まさに闇色。しばらく見ていると目が馴《な》れて、そこにあるものがいろいろみえてくるはずだ、と思えてつい真剣に目を凝らしてしまう。

そして、それはやがて実に効果的に、白い四角い場面へとつながる。

平易で単純な言葉によって書かれた文章は、決してふくよかではないが不意をつ

『Zちゃん－かべのあな－』(井口真吾＝作／ビリケン出版)

くセンティメントがあって、上手《うま》いのかな、上手いんだろうな、でも上手いとは言いたくないな、いっそ下手だという方が近いかもしれないな、でもそれでは作者を喜ばせすぎだな、と、混乱してしまう。

この一冊の中で、私がいちばん好きな一行は、「いらっしゃい、Zちゃん」。これは抗《あらが》えない、きわめられた、美しい一行だと思う。闇の世界の住人にそう言われる一瞬のためにこそ、人は誘拐されてくるのだ。

対談1　五味太郎さんと

絵本をつくるということ

子供の複雑さを経てシンプルなものを獲得してきた

五味　絵、描かないの？
江國　家ではよく描くんですけど、とても人に見せられるものじゃないです。
五味　俺、絵を描いてると楽なのな。この前も中国人の友人と話をしてて、文字で筆談しているうちに絵も出てきて、気がついたら独り言いいながら〝独り言絵〟を描いてることがあった。自問自答を頭でやるより手でやる。
江國　文字ではそれが、案外すっと……。
五味　できるでしょ。俺の場合は絵を描いていて、考えてる。絵を描くために絵を描いているという人がずいぶんいるんだけど、俺はちょっと違うなって感じがある。

とくに、絵本をつくるというのは絵を使って遊んでるんだよな。だから、文字の時もそうやって読む癖があるのね。これを書いた人は、この字を使って何をしてるんだろうかって。

江國 描いているのが楽というのは、文字にあてはめるとわかる気がする。

五味 旅行に行って絵の具も何も持たないで一週間ぐらいするとハアハアしてくるわけ。そんな時、雑貨屋でクレヨンなんか見ると、うれしくなっちゃうんだよね。それで描くとホッとする。

江國 うん、うん。私も旅行に行くと絵はがきをよく書く。書かないとその日にあったできごとが本当にあったと思えないような気がして。そうしないと、納得がいかないという感じ。

五味 俺は人間というのは基本は中毒だと思ってるのね。生きるっていうことについて。それが自分でコントロールできない範囲がある。薬が切れてハアハアしてくるのと似てるんだよね。俺は色を塗るのが好きでね。塗ってると、これでいいなっていう感じがある。頭の中でへんなこと考えるんだよね、ごちゃごちゃごちゃごちゃ。それを、描いているうちに外に出せるのがありがたいなって思ってる。だから、絵が禁止になったりしたら辛《つら》いね。

江國　でもその実験に興味がある。五味さんを無人島にとじこめて、絵の道具を与えない。そしたら砂浜に棒で描いたりするんでしょうね。

五味　棒を使っちゃいけないとかな。そしたら足で描くけどな。何でもやるよ。

　初めはすごく生理的なところから始まるような気がするのね。時々原っぱでひたすらくるくる回ってる子を見る。何か、必要があるのね。俺も、自分のやってることはあのレベルの作業なんだろうという認識があるよ。

江國　言いたいことがあって書くというよりも、書きながら自分でも分かる。動機と行動の逆転した作業ですよね。だから私は書いている間は何も持ってないんです。テーマもなかったりして。

五味　初期の頃、作品を出版社に持ち込んだ時によく言われたのは、このテーマは何ですかってこと。とくにありませんって言うと、では何で描いたんですか？　と聞かれる。で、おもしろかったからですってこたえるバカな話をずっと繰り返してたよ。

江國　今でもそうですよ。この本のテーマは？　とかわざわざ子供を読者にするのはどんな理由があるんですか？　とか聞かれる。別に理由なんかない、変な質問だって思う。

五味　児童文学という言葉はあまりにも貧しいなって俺は思う。基本的に、人間の作業は、ジャンルとか年齢とか目的意識だとかいうところとは違うんだろうと思う。江國さんの文章に対する評価のなかで「お若いのに」というのが、いつも気になってしょうがない。関係ないよな。だいたい人間七つでおばさんよね。男は十三ぐらいでおじさんな。俺の考えてること、ガキの頃考えてたことと同じだもん。

江國　私も同じ。逆に今のほうがよほど純粋というか善良になってしまったような気がする。大人になってこんなに人がよくなっていいんだろうかって思う。子供の頃のほうが疑い深かったのに、最近すぐ人を信用するようになって。

五味　それは、ある程度年をとると、人間の構造がそれほど複雑ではないことに気づくのが一つはあると思う。いろんな物を食べてきたけど、食べるという行為がそんなに難しいことじゃないって再確認する。非常にシンプルなものなんだって。若い人も自分の親が死んでゆくところを見たりすると、実に単純にみえてきて。複雑に考えてきたことは、ある意味でその時には必要だったんだろうなという気はするの。子供の頃はだから、非常に複雑にものを考えてたような気がする。よく子供の頃が懐《なつ》かしいという人がいるけど、もう戻りたくないね。
江國　私もすごくそういう気がする。自分の中が十分複雑なのに、外はもっと複雑に違いないって思って、世界が怖かったし、ほんとに不安だった。
五味　俺、道でたじろいで突っ立っている子供をよく見るんだけど、あの気分は子供の気分だと思う。複雑すぎて検索不能みたいな瞬間があるわけ。それが、子供のワールドだと思う。
江國　子供の頃は知ってるか知らないかがすごく重要なことだった。大人になるためには端からものを知っていかなければならないと思ってた。それが、知ってるかどうかじゃなくて、その時考えて決めればいいんだとわかったら、ものすごく全部が単純になって、すごく楽になって。善良になったのはそのせいもあるんじゃないかと思います。自分だけじゃなく、相手もそうすればいいんだと思うようになった。
五味　受験勉強から逃れた解放感もあるよね。子供の頃はなにもなくて、いっぱいつめこんでいくと立派なおとなになるという図式がどこから出てきたのかなって思う。
今の子供が個々の複雑さの中で立ちすくんでいる風景はとってもよく見えるんだ

よね。そいつらに何をしてやれるか、なんて余計なお世話だよ。別の言葉でいうと、子供をそのレベルで侵さない方法はあるかということは模索するよね。

子供の頃の複雑さを経てシンプルなものを獲得してきた人は、子供の文化について、ごちゃごちゃ言わないと思う。何かしてあげることをやめると、子供は解放されるんだよ。児童公園を作らないで普通の公園で遊ばせてっていうことなんだよね。絵本は醸《かも》しだす気配を楽しむのにとてもいいメディアだと思う。


江國 ずいぶん前は「ほんとうのこと」があると思ってた。目に見えるものの後ろに、目に見えない「ほんとうのこと」があるって。でも、そんなものあるのかなあ、と今は思う。

以前知人に、あなたのいいところは鍛えられた身体《からだ》だ、と言ったら、中身がないみたいだから喜べないって言われたことがあって、そのとき今のは失礼だったのだろうかって考えた。でも、心が優しいとか情にあついとか、ほめ言葉はいくらでもあるけど、私はその人の身体をほんとに立派だと思ったし、心とか情とか、そんなことよりよほど「ほんとうのこと」だと思って……。

絵本もテーマや物語性が大事ではないとは言わないけれど、見た目がきれいかどうかもすごく重要だと思うんです。

五味 絵本つくるとき、俺がいちばん凝るのは背の部分ね。背が好きなんだよね。その次に好きなのが見返し。テーマはあとから自然に出てくるよ。

絵本ってさ、気配なのな。俺が好きなのは。その絵本がもっている気配。その独特な気配はどこからくるんだろうって少し落ち着いて考える。その人が持つ不安感とかね、なんともいえない空気感みたいなのがあるでしょ。一種醸し出されてくるもの、という感じで。絵本はそういうのを楽しむのにとてもいいメディアだと思うことがよくある。ストーリーテリングにはあまり向いていないメディアだと思ってる。

江國 私も、気配や空気にはすごく惹《ひ》かれます。

五味 センダックの『かいじゅうたちのいるところ』という絵本があるよね。マックスという男の子がもっている、あのシチュエーションでのはじめからの異常さというのがある。そのあたりを読んでいくと、かいじゅうのところに行った場面でも思ったほど盛り上がっていない。非常に静かなんだよね、絵から感じられる気配が。そうすると、かいじゅうたちのいる世界がノーマルで、日常こそが異常なんじゃないかと思えてくる。それは絵から見えてくること。

江國 文章を書くのは、私にとって子供のときの感覚に近い。まず、目に見えないし、わけがわからない。絵本のほうが大人っぽいメディアのような気がします。たとえば花や犬を描写するのでも、文章だと、「そこに花が咲いていていて花びらが白くて」と書けば、花がとても大事になるわけ。読む人は、いやでも頭の中でその花を見てしまう。花をどんなにシンプルに表現しても、何か意味のあるものとして写ってしまうんです。

五味 つまり、フォーカスしてるんだよね。そこに合ってるんだよ、焦点が。

江國 絵本ではどんなに花を細かく描いていても、ただの花にすぎないということが突きはなされていて、もしかして、読む人はその花の存在に気がつきもしないかもしれない。道端の草であっても、文章で表すと期せずして爽《さわ》やかさやら何やらを象徴してしまう。

五味 その文章の上に、「とりたてていうことではありませんが」って付け足すのはどう?

江國 それ、いい! 絵本はまさにそれを体現していますよね。『アンガスとねこ』で、アンガスについてどんなに丁寧に描いてあっても、アンガスはただの犬で、まわりにこれだけいろんな空気があるというのはすごい。
五味　俺が絵を描いていると楽だっていうのがわかるだろう。文は行間を読むでしょ。絵の余白と文章の行間はまったく違っていて、文章だと書かれていないところの意味まで考えてしまう。
江國　リチャード・ブローティガンの小説を読むと、恋をするのでも、誰か死ぬのでも、絵本に近いような感覚がある。凡人が書くと、端役《はやく》の死でも、彼にもそれなりの人生があったのだというウェットな感じがでてくるんだけど、彼の作品は、それはその程度の大きさだっていう、淡々と流れていく感じがある。絵本でも何か事件が起こるというものよりも、空白が多くて心地よいものが好きなんです。子供のとき絵本を繰り返して見るのも、そのときはそんな風に考えていないけれども、まわりに確かに空間を感じながら読んでいたと思う。
五味　すごくわかる。テネシー・ウィリアムズという戯曲家がいるよね。結構えげつない事件が起こったりするんだけど、その理由を探り始めると、何かはずしちゃうんだよね。その気候さえ、そよ風が吹いていていてくれさえしたら、こんなことにならなかったのに、みたいなのがあったりする。そういうのは表に出てこない、気配なんだよ。だけど、考えてみると人生ってのはさ、そういうものなんだよな、と思う。川端康成の『伊豆の踊子』も、伊豆のあの山並みだからいいわけで、『ロッキー山脈の踊子』だとまったく違うものになる。伊豆という場所だから起きたこと、むしろ主人公は伊豆なんだろうな。そんな空気感を楽しんでいく、自分にとっての空気を本とやりとりしていく……。そんなふうに、絵本が醸しだす気配を自由に感じとってほしいよね。

（五味太郎氏の自宅にて）

五味太郎（ごみたろう） 1945年、東京都に生まれる。桑沢デザイン研究所ＩＤ科卒業後、工業デザイン、グラフィック・デザインの世界を経て、絵本を中心とした創作活動に入る。ユニークかつオリジナリティあふれる作風で、常に新しいアイディアに満ちた作品を発表、幅広いファンをつかむ。これまで出版した絵本は約300冊にも及ぶ。ボローニャ国際絵本原画展、路傍の石文学賞等、受賞多数。

対談2　山本容子さんと

絵本と出会い、絵本とつきあう

山本　最初に絵本と関わったのは、八八年頃のトルーマン・カポーティの『おじいさんの思い出』という本だったのね。アメリカで出版されたときは普通の絵本のサイズだったのだけれど、日本で出版するときは絵本コーナーだけじゃなくて、もっと人が見てくれるニュートラルな場所に出したいと思って判型を小さくしたんです。そうすると文芸書のところに置かれた。サイズって不思議なものですね。

江國　不思議ですね、ほんとうに。

山本　中をひらいて見ると、絵がたくさん入っていて、絵と文字から成る本だけど、外側は文芸書と同じようにみえるという、ちょっとした仕掛けをしたんです。

江國　ちょうど同じ頃、八九年に『つめたいよるに』が最初に出て、やはり児童書のところに置かれていたんですが、そのちょっと後に同じものを判型を変えて少しだけ細長い形にしたら、一般書のところに置かれるようになったんです。

山本　だから絵描きも絵のことだけを考えればすむのではなくて、どうやって売るかとか、書店のどこに置かれるかとか、そこまで考えに入れて物をつくらなければならない、そうしないと間違った発表の仕方をしてしまうと思うんですよね。

江國　ええ。絵本の場合は、美術館にあるような一枚の絵とは違って、読む人の生活の中に全部入っていくものだから、とくにそう。大きさはほんとうに大事ですよね。

山本　そう、そう。

江國　大きくなったほうがいいものと、また、小さな形に収めたほうがよりプライベートな感じになるものとか……。だから、とても立体的なおもしろみがありますね。

山本　本という形式は、たいてい目から離して三十センチほどで味わえるようにしてあるわけ。だから、ごちゃごちゃといっぱい描いたものが絵本にとっていいのではないかと、自分で絵本をつくりながら、そう思いましたね。たとえば真っ赤とかグリーン一色とか、あまりにもデザイン的すぎると本のオブジェみたいで、何もたくさんページのある形式にしなくても、遠くから本全体を眺めていたほうがいいでしょう。

たとえば、サラ・ミッダさんの作品は、ごちゃごちゃと描いてあるから、絵本向きの絵なんですよね。かわいいとかそういう意味ではなくて。

江國　そうですね。しかも、その本の中で、最初にどこに目がいくのかというのも、きっと人それぞれでしょうし……。同じ一冊の絵本でも、読む人によって全然違うし、その時々の状況次第だというのも、おもしろいですね。たとえば、砂浜に犬が一匹いても、みんなが犬にフォーカスするといったものではない。それがすごいところですよね。だって、どこから読むのだろう、と思ってしまいます。

山本　絵本をつくるのに苦労するのは、文章を考えることなんです。絵は描けても、絵につける文章というのは、しらけてしまうのね。長新太さんのような文がいちばん好きで、ダァーとかバーとか、バスがウーッとか（笑）。でも、それは長さんがやっているから、まさか私がそれを真似《まね》るわけにはいかないし。そうでなければ、谷川俊太郎さんのように、整理された美しい言葉でリズミカルに絵本の言葉をつくるのも、いいなあと思うけど、それも谷川さん以上の才能がなければ無理だろうし……。だから、文章はものすごく困ったんですよね。

江國　それは分かるような気がします。私も宇野亜喜良《あきら》さんの絵で、最初の絵本（『あかるい箱』）をつくるときに、すごく困りました。小説だと言葉だけで読者にイメージしてもらえるよう書いているので、その時の彼女の服が何色だったというところまで書きたくなる。でも、そんなに全部細かく描いたら、絵を描く人にはうるさいだろうって、その上に絵が加わったらやはり変だろうなって。そう思うと、すごく難しい。

山本　絵本というのは絵と文字と両方がない混ぜになって世界を伝えるわけだから、文字だけ読んで絵を味わったり、絵を見て文字を追うというものではないですよね。子どものときもそうだったけど、字を読んでいる感覚はなくて、眺めて全部がやぶにらみの中からガーッと入ってくる。だから、そういうときの文章の力というのは難しいですね。

江國　そう、ほんとうにそうですね。そこがまた、はかり知れずおもしろいんですよね。子どものときに読んだ絵本の記憶が、とても変なふうに残っているんです。きちんとした物語としてのインパクトではないし、一枚の絵のような風景としてでもないような……。自分でも何でそこが残ってるのかわからないような残り方をしている。それからそのページの感情みたいなもの、そのせつない感じとか。
山本　だから桃太郎の顔を思い出しながら、セリフがきちっと入っていたりする。「きびだんご一つあげよう」とかなんとか言うのと桃太郎の絵とが。セリフと絵が一緒に入っているでしょ。
江國　入ってますね。同じようなシーンが続いても、ちゃんとそのセリフの桃太郎はこれだって、それはすごくつながってますよね。何回も読んでるんだけど、物語の持つ一回性は絵本にもちゃんと生きてて、そういったときの桃太郎はこの顔をしている、という。
山本　うん。絶対、絶対。
江國　もう絶対この顔だっていうのは証言できるっていう感じがありますよね。映画を観《み》たときみたいに。『一寸ぼうし』や『ガリバー旅行記』など、厚くて堅い紙でできた講談社の絵本などたくさん読みましたね。
山本　『かちかちやま』や『ぶんぶくちゃがま』など、世界や日本の民話もね。以前『白雪姫』の絵本をつくったときに、それがネックになったことがあってね。小さいときに見た『白雪姫』がちゃんと頭に残っていて、ウォルト・ディズニーの影響もあって、七人の小人を描こうとすると、どうしても「ハイホー」になってしまう。「ハイホー」を描くわけにもいかないし、だけど自分の持っているイメージをわざわざ裏切る必要もないし、どうしたら山本容子らしい『白雪姫』が描けるのかと、ものすごく悩みました。

それで解決策は何にしたかというと、白雪姫や七人の小人や魔女を先にイメージしようと思うからつまずいてしまうわけで、いちばんどうでもいいような人物を決めてしまおうと思ってね。白雪姫を森に捨てに行く狩人を、まずイメージしてみたんです。そうしたら、その狩人をひとり決めたら、それに抱かれている白雪姫は……と、もう次々に出てくるわけ。主役じゃない脇役《わきやく》からつくりはじめたら、うわーっと七人の小人まで全部できちゃった。

江國 素敵。そこから七人の小人までできるのはすごいですね。

山本 これはいい方法だと思って。『赤毛のアン』もモンゴメリが書きすぎていて、たとえば置物は陶器の犬の耳がとがったのが後ろにあってとか、暖炉の火の大きさはこのぐらいだとか、全部書かれているので、それに絵をつけるのは無理なんですね。だから、なるべくそこに説明に出てこないところ、たとえばドアの形が書かれてなければ「よし、ここから描こう」とかね。そういうように、ちょっとそれたところから描いていったんです。絵と文章の関係は、ほんとうに難しいですね。

幼い頃、絵本を読んでもらうのが好きだった

山本　子どもの頃は『キンダーブック』のような絵雑誌を見ていて、そこに出ていた画家の絵本がほしいとか、この人の絵が好きとか言っていたみたい。私たちの頃は、本屋さんがどこにだってあるという世界じゃなかった。町に本屋が少なかったんじゃないかしら。

江國　絵本専門店があるわけではなかったですしね。

山本　本は祖父母や両親がどこからか買ってきてくれる大事なもの。小学校に入って、図書館の本を全部読んでいいんだって思ったら、卒倒しそうな気になって、六年生で卒業するまでに読んでしまおうって思ったこともあったし。飢えてたのかもしれないですね。

江國　すごく大事なもので何度も読むと、絵本が自分のほうに入ってきてしまうので、同じ絵本の新しいものをもらっても取りかえられない。すると、その本とこの

本はまったく違ったものになりますよね。本ってとても不思議で、まったく同じ作品でも、そういうふうに何度も読むうちに違ってくるんです。

山本　そうですね。

江國　気配も違うし。

山本　本は子どもにとって初めての自分の物かもしれない。

江國　それに、私はよく両親に読んでもらったんです。父や母はそんなに真剣に絵本の登場人物と向きあわないし、自己同一視しないから、彼らが読んでいるにもかかわらず、登場人物と私のほうが気持ちが通じあっているというのがどこかにあって、仲間意識をすごくもっていましたね。家の中で、大人と本の中の登場人物とはちょっと相容《い》れない部分があるんだけれど、私とその登場人物たちとは理解しあえてるという……。現実の世界にいながらにして、本の中のこちらの世界を理解できているのは自分だって、間に立つべき人間がいるとしたら自分だというような自負があって、特別な感じがしていましたね。

山本　だから少年少女文学というのは、登場人物が必ず自分と同世代が出てくる。臨場感があるんですよね。

私も読んでもらうのが好きでね。同じ作品だからすでに覚えていたくせに、何度も読んでもらって。それも、とてもエロティックな感じで好きだったのね。座布団《ざぶとん》に座った母親のお腹に耳をあてて、そして母親が「むかしむかし……」とか言うと人の声って「うわーん」と空洞に響くようでいい感じになるの。そうすると物語の中に入っていきやすかった。生で読むと、母が読んでいるという感じになってしまうからね。お腹に耳をあてて「はいっ」と私が言うと、上から降ってくるわけ、物語が。この感覚がいまだにあって、思い出しますね。

江國　いくつぐらいですか。

山本　二、三歳とかね。「この子は変な子だよ」とおばあちゃんがよく言ってました。本を持ってきたら必ず座れって言うんだって。お腹に耳をあてると、自分でドキドキして、トリップするというのか、中へしゅーっと入っていくのがわかるんです。物語に入っていくのに、そういう癖ってあるじゃないですか。そういうのを経験していた。今から考えると、ちょっとエロティックですよね。

江國　最初のうちは、本を読んでもらわないと集中できなかった。絵本を自分で読もうとすると、まず文章を読んで、その説明のように絵を見なければならなかったりしますが、人に読んでもらえば同時進行になりますよね。その臨場感がすごく好きで、小学校に入ってしばらくは、図書館に行っても自分で読むのが面倒だったり、ちょっと読みかけてもすぐ飽きてしまったり。

山本 入っていかないんでしょうね。

江國 そう、読んでもらわないと入っていけない。贅沢《ぜいたく》だったんですけれど。

山本 もしかしたら、本を好きになるためには、一つハードルをポンと越えることが必要なのかもしれない。私の場合は、物の少ない時代だったからかもしれないけれど、本への憧《あこが》れみたいな、もうひとつ違った力がポンと押してくれたんですよね。

江國 憧れはすごくありました。小学校一、二年生のときに、読書の時間があって、その時間がとても好きで、読まないくせに図書室にもよく行って本を借りて、途中で挫折《ざせつ》したり読んでるふりだけしてみたり……。実のない見栄っぱりな子ども。物語の魅力、本の魅力はそれぞれありますね。

山本 私も中学・高校は女子校だったから、藤棚の下で本を読むというイメージができているわけ。格好から入るのが好きで、図書室から借りたなるべく厚い本を読んだりして(笑)。すぐ読んでしまうのがもったいなくて、厚い本から借りるという変な癖も。

今でも、上・下巻本が好きなんです。上・下巻本を二組ベッドサイドに置いて、一方の上・下巻のうち下巻の真ん中までできたら読みすすめるのをやめて、もう一方の上・下巻の同じあたりまで読む。またそこでやめて、最初読んでいた本に戻るわけ。戻ったらほとんど忘れているから、上からダーッと飛ばして読んでそのまま一気に読了してしまう。

江國　特殊な読み方ですね。

山本　長い時間かけて読んでいたら終わるのが悲しい（笑）。読書にまつわる話をみんなに聞くと、それぞれ違っていておもしろいかもしれないですね。

自分で絵を描いてみると、絵本もこれまでと違って見える

山本　最近の絵本でよかったのは、カレル・チャペックの『ダーシェンカ』。チャペック・フリークスだから。でもあまり他の人の作品は見ないですね。

江國　おもしろい本でも見逃しているものが結構あるように思うんですけど、不思議とほんとうに〝絶対〟というものとは出会えるんです。『おこちゃん』も三十二歳の誕生日に、とても信頼している人から最近気に入っている本ですといっていただいたり。そうすると、出会うべき人間同士は出会うのかなって思う。

山本 私もそう思う。出会いですよね。『おこちゃん』のように、江國さんは自分が自分だと気づいたときはありますか。初めてパッと自分だって思ったときは？

江國 あとから捏造《ねつぞう》した記憶かもしれないと少し思うんだけれど。でも、あります。玄関脇のあまり日の当たらないところに椿《つばき》があって、昼間は退屈だといって祖母を引っ張りだして遊んでたんです。でも祖母はちょっと用事があるって中に入ってしまって、一人ポツンと取り残されて……。それで椿の花をちぎったり、匂《にお》いを嗅《か》いだりして。つぼみのグルグリした硬い感触と花の匂いと、すごく寂しくて、置いてきぼりにされたと思ったあの瞬間が、それにとても似ているような気がする。

山本 たぶんそうだと思いますよ。

江國 そのシーンはずっと印象的で、留学していたときに家族に手紙を書こうとして、祖母のことを思い出すと椿が浮かんでくるのはどうしてかな、とずっと思ってました。

山本 記憶っておもしろいですね。私もあるんですよ。パカッと青い空の下、いちじくの木の下で、これは自分だと思ったというのが……。すごく怒られたあとだったらしく、悲しい気持ちと解決した喜びが一緒にポーンと来たときに、あっ、自分だと思った。

江國　自分の肉体を含めて、全部でやりくりするしかないというような……。手持ちのものはこれしかないっていう感じ。

山本　そう。急に足が見えたり、手が見えたりするようにね。人によく聞いてみると、階段から落ちている途中で自分だと思ったとか、怖い体験が多いみたい。『おこちゃん』を描いているときは、筆に絵の具をたっぷりとってペタペタペタッと塗って気持ちよかったですね。もし私の絵がみんなとコミュニケーションをよくとれるのであれば、それは犬の肌がすけて見えるような薄い色とか塗り方を見て、みんなが描いてみたくなるんだと思うんです。

私の好きな画家、たとえばアンリ・マチスの場合だと、薄塗りで描いているから、我々はマチスが色を塗ったあとを追体験できるんです。その筆致から、ここはゆっくり塗ったとか、ここはシャカシャカ塗ったとか、マチスがその絵の前に立って、リズミカルにあるいは悩んだりして色を置いたというのがわかる。絵の内容を味わうのと同時に、触感のような感覚をもう一回味わえるから好きなんですよね。

江國 絵を見るときにとてもドキドキしたり、生理的な感じをそのタッチから受けますよね。そつなく、すきなく塗られたものではなくて、濃淡や強弱がついているものだと、見てしまっていいんだろうかというような、ドキドキする感じ。

山本 それはどちらかというと下手な絵の部類に多い。下手というと語弊があるけど、塗っている体温のようなものがこちらへ伝わってくるものですね。江國さんがおっしゃったように、表面が均質じゃない絵、だからデッサンはとくにドキドキしますよね。完璧《かんぺき》な絵のほうが完成品として百パーセントできあがっているだけに、入りにくい。下絵やデッサンだと、途中で消したり二重に描いたりして、追体験できるから、より生理的な感じがする。展覧会に美大の学生が来て、普段は芸術とは……とか悩んでるのに、私の絵を見ると「よし！ 家に帰って描こう」とか言って、描きたくなるみたい。原画だと情報量が多いんですね。江國さんは絵は描かないの？

江國 私は全然……。大人になってからも絵を描いたりするのは、客観的にも上手な人しか描いてはいけないような気がして。

山本 そんなことない。それは教育の弊害なんですよね。小さい頃はちょっとした時間があれば必ず紙と鉛筆持っていて、たとえばお医者さんで待っているときでも、バス停で待っていても、必ず何か描いていましたよね。まるで癖のようにみんな描いていたのが、学校に入ってからやめてしまう。上手とか下手とか評価が出てくるから、遠ざかってしまう人もいるんだろうと思うけど。泥をこねまわすのと同じ感覚の、身体《からだ》全体で遊んでいた感じが奪われていくんですよね。

江國　そうですね。

山本　それを取り戻そうと思うと、もう一回泥んこ遊びをするようなつもりで絵を描きはじめたらいいのよね。上手下手というような評価はどうでもよくて、『智恵子抄』の高村智恵子のように紙を切りぬいていると気持ちが落ち着くとか、絵の具を混ぜているだけでも気持ちがいいとか、もっと感覚的なことだけど。

江國　そういう意味では色だけを、絵を描くというよりは色見本をつくるような感じ？

山本　そう、そう。

江國　同じものをいろいろな色で組み合わせて遊んでみたりはします。

山本　実際に絵を描いてみると、ただ見ているだけとは違って体験が入るから、これまでと違ったふうに見えるんですけどね。

江國　そうですね。

山本　絵描きとしては、みんなが絵を描いてくれるとこの世界にもっと入ってくれるのにって思うのね。絵本をつくるときも、描いてる自分がいちばん楽しまなきゃ駄目でしょう。私は下絵を描かないんだけど、なぞるというのが嫌なんですよ。次に自分が何を描きはじめるのかドキドキしながら描いていきたい。

江國　そうですね。物語でもびっくりするようなことが起こったときに、作者に驚かされたと思うのが嫌なんです。作者は全然驚いてなくて、どうだ、びっくりするだろう、というのが。

山本　だまされないぞ、みたいな気持ちになるんですよね。

江國　ほんとうにびっくりするときって、きっと書いている人もびっくりしただろうと思うんです。その書き手がつくったというよりは、起きたという感じが本当のような。自分がつくるときも読むときも、それは一緒ですね。

山本　絵本をつくっているときにドキドキしたりするのがいい。それを皆さんに見てもらいたいのよね。

江國　ほんとうに、そうですね。

（青山・クレヨンハウスにて）

山本容子（やまもとようこ）　1952年、埼玉県に生まれ、子供時代を大阪で過ごす。京都市立芸術大学西洋画専攻科修了。吉本ばなな『TUGUMI』や集英社の世界の文学などの装画で話題をよぶ。92年、講談社出版文化賞ブックデザイン賞受賞。版画、装丁、挿画、エッセイ、絵本など幅広く活躍。小さなものはアクセサリーから、巨大なものは壁画まで多岐にわたる。絵本に『犬のルーカス』『おこちゃん』『絵本ファウスト』、CD&BOOKS『エンジェルズ・アイ』『エンジェルズ・ティアーズ』などがある。

あとがき

「ＭＯＥ」に四年間絵本をめぐるエッセイを連載し、私が個人的に好きな絵本をたなおろしのようにして、一冊ずつとりあげて書いてみました。その結果、普段言葉にしないいようなこと――頭の中の闇《やみ》で自然に読みすすんでいた物語の一体どこに自分が反応しているのか、というようなこと――を改めて言葉にすることになり、それはなかなかおもしろい、でもときにビターな作業でした。絵本の、見開きの四角形がその世界のすべてであるという清潔さが好きです。

子供のころ、部屋のすみで遊んでいると、きまって、もっとまんなかで遊びなさいといわれました。でも部屋というものは、まんなかとすみとでは時間の流れ方も空間の質も全然ちがうわけで、絵本のなかのそれとは、あきらかに部屋のすみの方が近いのでした。

うさこちゃんやフランシス、アンガスやビルやモペットちゃんの住んでいる場所が、自分の体のなかにあるとある日忽然《こつぜん》と気づいたときのよろこびと心づよさが、このエッセイ集の基本的な動機です。

この本をとおしてなつかしい絵本と再会して下さっても、新しい絵本と出会って下さっても、そういうこととは無関係にこの本のなかだけで小さな旅をして下さっても、無論どれもとても嬉《うれ》しいです。

一九九七年初夏

江國香織

解説

小野明

まだラジオがなかったころ、市井《しせい》の人は他人の声をいくつぐらい耳にしていたのだろう。身内、親類縁者、友人、恋人、隣人、買い物や仕事で接する人、川辺や公園、酒場や街中で行き交い出会う人の声。そして趣味によっては花街、あるいは芝居や音楽会で耳にする声。日本でも外国でも事情はそう変わらないと思う。いずれにしろ耳に入ってくる声は、現在よりもかなり少なかったにちがいない。なにしろメディアにのってやってくる声がなかったのだから。そしてだからこそ、その人にとっての特別な声を聞き分ける能力は、今よりずっと研ぎすまされていたのではないだろうか。たいせつな声をうけとめる力が、ごくふつうにそなわっていたのではないだろうか。

『絵本を抱えて 部屋のすみへ』を読むと、そんなことを夢想する。江國香織は、きっと耳がいい。声を峻別《しゅんべつ》する能力をもっていると思う。もちろんそれは、あの声とこの声を聞き分ける能力ということではない。もっと、なんというか本質的なものを声から聞きとっているということなのだ。さしたる根拠はない。でも江國香織の、とりわけ本書のような絵本について書いた文章を読むと、わけもなくそう確信したくなる。この人は耳がいい、と。耳がいいから、いい声、悪い声がわかる。だから自ら声を発するときには、人に無用な誤解や負担を生じさせない明晰《めいせき》な声をだせるのだ、と。

その声はいうまでもなく、彼女の肉声のことではない。しいていえば人になにかを伝えようとして記す文章全体のあり方のことだ。本書を冒頭から巻末まで読んでみるとわかってもらえるかもしれない。そこに一貫した声の調べが聞こえてこないだろうか。

私には聞こえるのだ。たとえば、その声は清澄《せいちょう》である。だから声質において読者に負担をかけない。書かれた内容におのずと向かい集中できる。押しつけもせず、つきはなしもしない声。ただ誠実な声。そうしているというより、そうなっている声。これも耳がいいという天分によって培《つちか》われたものかもしれない。

そして迷いのない声。かりに迷いがあったとしても、それは発声の前に解消している。そういうたしかな力を感じる声。読者にきちんと向き合い、私たちに読む活力を湧《わ》き上がらせる声。つまり、ひとことで言うと、信頼と快楽を同時に感じさせる声。そんな稀《まれ》な声が全編に満ちている。くりかえすが、これは実際に発声を伴った声ではない。でも、あるのですね、こういう声が。もしこんな声に街のどこかでふと出会ったら、かなり心を揺さぶられるだろうな。そう思っているうちに、冒頭のような夢想が浮かんだのだった。書物の声だって肉声と同じ力をもっている。場合によっては肉声以上に特別なものになりうる。肉声以上に人を励ますことがある。

今、ようやく気づいた。本書がたしかな声を感じさせるのには、やはりちゃんと理由がある。

相手が絵本だからではないか。本書を読めばわかるとおり、江國香織は子供のころに絵本と出会っている。そのころの記憶がしっかりと今に残っている。たぶん最初は父か母に読んでもらったのだろう。そして自分ひとりでも読み始め、さらに妹に読んであげるようになる。そこにはつねに声があったはずだ。くりかえし、日々飽かず、読んでもらい、読んだ。その声の記憶、印象がきちんと内蔵されたのではないだろうか。それによって培われた耳のよさが、今まさに絵本について記すとき、きわめて自然に文章全体を包む声としてでてくるのではないか。

江國香織の絵本に関する文章を読むとき、まず私がうたれるのは、絵本を理解するというより、感知する能力なのだが、それはたぶん、子供のころに声を介在させた感覚的な把握を確実に育てることができたせいなのだろう。だから、文章そのものはきわめて正当な書きことばであり、理知的でさえあるにもかかわらず、醒《さ》めてもいず、熱くなりすぎもしない、冷静な熱狂とでもいうべき印象を私にもたらすのではないか。きちんとした感覚に支えられた理屈は滅法強い。理屈のジョイント部が論理と感覚で二重に補強されているのだから。

ついてふれたところだ。童謡絵本にちゃんと書いてある。私が気づいたようなことは、本書にちゃんと書いてある。童謡絵本に

〈肉体をつくるのは、食べたものだけじゃないのだ。見たもの聞いたもの、出会った人、みんな血や肉になる。そうやって、知らないうちにどんどん自分が構成されていくというのは、ちょっと怖いけれどおもしろい。／そういう意味では本も例外ではなく、くり返し読んだものやインパクトの強かったもの、あるいはそのどちらでもないのに何かのはずみで、という本が、たぶんいつの間にか血となり肉となっている。〉

そういうことなのだ。この本でとりあげられた絵本は、多かれ少なかれ、江國香織の血や肉になったものだろう。それならば、つきはなして書きようがないし、その本のよさを解説することも原理的に不可能だ。つまり本書のことばは、ことばであってことばでない。少なくとも絵本を解説・分析することをになったことばではない。言うなれば、最上の部類のカバー・ヴァージョンなのだ。原曲のよさをことばで説明するのではなく、歌ってしまう。そこにはもちろん解釈とでも言うべきものが入り込むが、ことばでなされたものより数段原曲のよさを伝えることができる。江國香織のことばは、その意味での絵本のカバー・ヴァージョンにちがいない。彼女の綴《つづ》ることばが、当の絵本に対してきわだって近しい印象を与えるのは、自分の中に正しくおさまっている絵本を人に見せるために自分の手で描き直しているからだったんだ。

もちろん、カバー・ヴァージョンといってもいろいろある。小手先の変化をつけたもの。原曲をばらばらに解体すれば自分のものになったと勘違いしているもの。ほぼ原曲どおりに歌って負けてしまうもの。本書がそのどれでもないすぐれたものであることは一読すればすぐに明らかになるが、それも本人の血肉化したものをとりだす能力と耳のよさの賜物《たまもの》だろう。

たとえば次のような文章。

〈この本にはフランシスの理屈っぽさが遺憾なく発揮されていて、そのどれもがほんとうに正しい理論なのだ。ここには理屈の崩壊する瞬間——それを書きたくて原稿用紙を百枚も二百枚も費やしてしまう人間がいるというのに——が鮮やかに書きこまれている。理屈を捨てるのには勇気がいるが、しかしそれをしないとなにもできない（無意識のうちにそれをやってのける人もいるらしいのだが、私やフランシスにとって、それは一つの驚きである。才能だとさえ思ってしまう）。実際、理屈を捨てない限りお弁当一つ食べられないのだ。〉

これは『ジャムつきパンとフランシス』という絵本について記した部分だが、今引用した文章を読んだだけで、この絵本の美点……私だったら原稿用紙を百枚も二百枚も費やしてしまうだろうと思えるのに……が鮮やかに書きこまれている。理屈を介在させても絵本を好きでいることはできるが、実際、理屈のみを頼みにしている限り、好きな絵本を血肉化することはできないのだ。

『絵本を抱えて　部屋のすみへ』（歩みの愛らしさをほうふつさせる秀逸な書名だ）は、全編にわたってこのような絵本を血肉化したうえでのことばに満ちている。つまりは、その絵本が、あるいはその絵本の絵が、その絵本のことばが、まさにどういうふうにおさまっているか、どういうふうにはみださんばかりになっているかを、その当の絵本や絵やことばの気持ちを代弁するかのように綴る。ポターの絵本の色については、

〈それからあの色。ひかえめにかわいたあかるさ、晴れた日の住宅地の色。ひさしぶりに本をひらいても、すぐにすうっと入れてしまうなつかしさがあると思う。勿論《もちろん》、懐古趣味的ななつかしさのことではなく、もっと本質的な、生理的ななつかしさのことだ。〉

と記す。物語を感じさせるすぐれた絵本の絵について、絵を感じさせる、当の絵がそうでありたいと願っていると思えるような書き方で表現する。

あるいはセンダックの絵本についての文章。

〈ここではないどこかにいきたいと、ずっと思っていた。「ここ」が嫌なのではない。「ここ」がどんな場所であれ、「ここではないどこか」は、常に私を惹《ひ》きつけてやまないのだ。［中略］「ここではないどこか」の対極にあるのは、あくまでも「居心地のいいここ」である。だからこそでていくのに意味があるのだし、帰るのにもまた意味があるのだ。たとえば継母にいじめられているシンデレラや白雪姫が、物語の最後に宮殿という

新しい場所を得て、すえながく幸せに暮らすのとは、それはだから全然ちがう。「ここではないどこか」というのは決して、「ここよりいいどこか」ではないのである。〉

このきりりとしたたたずまい。血肉化あるいはよい耳を介在しなければなしえないと思える文章。体含みだからこそ発揮される、芯《しん》のしっかりした軸のぶれないことばの運び。

本書にとりあげられた絵本は、ほんとうに幸せだと思う。よくぞ言ってくれましたと快哉《かいさい》をさけんだだろう。そしてそれに立ち会えた私たち読者もまた、ほんとうに幸せだ。絵本を読むことと、絵本について書かれた文章を読むことに同等の喜びを感じることなどほんとうに稀なことなのだ。現代において特別な声、たいせつな声に出会えたのだ。そしてそれはページを開きさえすれば、いつでもどこでも聞くことができる。

（平成十二年十月、絵本編集・装幀家）

書名さくいん

＊本文中で表紙写真を掲載した絵本に限り、書名、原書名、作者／訳者／版元名、の順で表示しました。

＊本文中に見開き写真を掲載した絵本については、各版元または原版元の許諾を得た上で図版使用の著作権表示を併記しました。

＊版元品切れ等により入手困難なものもあります。

あ

あひるのピンのぼうけん　THE STORY ABOUT PING ………… 205
マージョリー・フラック＝文／クルト・ヴィーゼ＝絵／まさきるりこ＝訳／瑞雲舎　renewed © 1961 by Hilma L. Barnum and Kurt Wiese permissions from Viking, a division of Penguin Putnam, Inc.

雨、あめ　RAIN ………… 81
ピーター・スピアー＝作／評論社　Copyright © 1982 by Peter Spier permisson from Doubleday, a division of Random House Children's Books

くまのアーネストおじさん　あめのひのピクニック　Ernest et Célestine vont pique-niquer ………… 125
ガブリエル・バンサン＝作／もりひさし＝訳／BL出版

アンガスとあひる　ANGUS AND THE DUCKS ………… 100
マージョリー・フラック＝作・絵／瀬田貞二＝訳／福音館書店　Text and pictures copyright © 1930 by Marjorie Flack

アンガスとねこ　ANGUS AND THE CAT ………… 69
マージョリー・フラック＝作・絵／瀬田貞二＝訳／福音館書店　Text and pictures copyright © 1931 by Marjorie Flack Larsson

アンジュール―ある犬の物語―　UN JOUR, UN CHINE ………… 125
ガブリエル・バンサン＝作／BL出版

うさこちゃんとうみ　nijntje aan zee ………… 93
ディック・ブルーナ＝文・絵／いしいももこ＝訳／福音館書店

海のおばけオーリー　OLEY, THE SEA MONSTER ………… 197
マリー・ホール・エッツ＝文・絵／石井桃子＝訳／岩波書店

絵本 グレイ・ラビットのおはなし　THE LITTLE GREY RABBIT TREASURY … 161
アリソン・アトリー＝作／マーガレット・テンペスト＝絵／石井桃子・中川李枝子＝訳／岩波書店

エミリー　EMILY ………… 40

マイケル・ビダード＝作／バーバラ・クーニー＝絵／掛川恭子＝訳／ほるぷ出版

おおきなおみ　HATTIE AND THE WILD WAVES …… 40
バーバラ・クーニー＝作／かけがわやすこ＝訳／ほるぷ出版

おこちゃん…… 193
山本容子＝作／小学館　© 1996 Yôko Yamamoto

おやすみなさい　おつきさま　GOODNIGHT MOON …… 120
マーガレット・ワイズ・ブラウン＝文／クレメント・ハード＝絵／せたていじ＝訳／評論社　© Copyright 1947 by Harper&Row, Publishers, Incorporated. Illustrations copyright renewed 1975 by Edith T. Hurd, Clement. Reprinted with the permission of HarperCollins Publishers

おやすみなさいのほん　A CHILD'S GOOD NIGHT BOOK …… 120
マーガレット・ワイズ・ブラウン＝文／ジャン・シャロー＝絵／いしいももこ＝訳／福音館書店　Illustrations copyright © Jean Charlot

おやすみなさいフランシス　BEDTIME FOR FRANCES …… 13
ラッセル・ホーバン＝文／ガース・ウイリアムズ＝絵／まつおかきょうこ＝訳／福音館書店

おやゆびひめ　DÄUMELIESCHEN …… 145
アンデルセン童話／リスベス・ツヴェルガー＝絵／佐久間彪＝訳／かど創房
Copyright © 1987 by Michael Neugebauer Verlag, Verlagsgruppe Nord-süd Verlag AG, Gossau Zürich, Switzerland

か

かいじゅうたちのいるところ　WHERE THE WILD THINGS ARE …… 21
モーリス・センダック＝作／じんぐうてるお＝訳／冨山房　Copyright © 1963 by Maurice Sendak Reprinted with the permission of HarperCollins Publishers

かえでがおか農場のいちねん　THE YEAR AT MAPLE HILL FARM …… 25
アリス&マーティン・プロベンセン＝作／きしだえりこ＝訳／ほるぷ出版　Copyright © 1978 by Alice and Martin Provensen permission from the author

かしこいビル　CLEVER BILL …… 129
ウィリアム・ニコルソン＝作／まつおかきょうこ・よしだしんいち＝訳／ペンギン社

神の道化師　CLOWN OF GOD …… 217
トミー・デ・パオラ＝作／ゆあさふみえ＝訳／ほるぷ出版

きつねのとうさん　ごちそうとった　THE FOX went out on a chilly night …… 80

ニューイングランド民謡／ピーター・スピアー＝絵／松川真弓＝訳／評論社
Copyright © 1961 by Peter Spier permisson from Doubleday, a division of Random House Children's Books

九月姫とウグイス ………… 136
サマセット・モーム＝文／武井武雄＝絵／光吉夏弥＝訳／岩波書店

クリスマスキャロル Tomie de Paola' s Book of Christmas Carols ………… 217
トミー・デ・パオラ＝絵／リブロポート Copyright © 1987 by Tomie de Paola

クリスマスだいすき CHRISTMAS ! ………… 185
ピーター・スピア＝作／講談社

くるみわり人形とねずみの王さま NUSSKNACKER UND MAUSEKONIG …… 145
E・T・A・ホフマン＝作／リスベス・ツヴェルガー＝絵／山本定祐＝訳／冨山房

くんちゃんとにじ BUZZY BEAR AND THE RAINBOW ………… 185
ドロシー・マリノ＝文・絵／まさきるりこ＝訳／ペンギン社

くんちゃんとふゆのパーティー BUZZY BEAR'S WINTER PARTY ………… 185
ドロシー・マリノ＝文・絵／あらいゆうこ＝訳／ペンギン社

くんちゃんのだいりょこう BUZZY BEAR GOES SOUTH ………… 185
ドロシー・マリノ＝文・絵／石井桃子＝訳／岩波書店 Copyright © 1961 by Franklin Watts, Inc. permission from the author c/o A.M. Heath & Co. Ltd, London

くんちゃんのはじめてのがっこう BUZZY BEAR' S FIRST DAY AT SCHOOL … 185
ドロシー・マリノ＝文・絵／まさきるりこ＝訳／ペンギン社

くんちゃんのはたけしごと BUZZY BEAR IN THE GARDEN ………… 185
ドロシー・マリノ＝文・絵／まさきるりこ＝訳／ペンギン社

くんちゃんのもりのキャンプ BUZZY BEAR GOES CAMPING ………… 185
ドロシー・マリノ＝文・絵／まさきるりこ＝訳／ペンギン社

くんちゃんはおおいそがし BUZZY BEAR'S BUSY DAY ………… 185
ドロシー・マリノ＝文・絵／まさきるりこ＝訳／ペンギン社

げんきなマドレーヌ MADELINE ………… 49
ルドウィッヒ・ベーメルマンス＝作・画／瀬田貞二＝訳／福音館書店
Copyright © 1939 by Ludwig Bemelmans

講談社の絵本【ゴールド版】 ………… 37
講談社

さ

サーカス！ Peter Spier's CIRCUS ! ………… 81

ピーター・スピア＝絵／ほづみたもつ＝訳／福音館書店 Copyright © 1992 by Peter Spier

サリーのこけももつみ BLUEBERRIES FOR SAL …… 68
ロバート・マックロスキー＝文・絵／石井桃子＝訳／岩波書店

シェイカー通りの人びと SHAKER LANE …… 29
アリス＆マーティン・プロベンセン＝作／江國香織＝訳／ほるぷ出版

じてんしゃにのるひとまねこざる CURIOUS GEORGE RIDES A BIKE … 168, 169
H・A・レイ＝文・絵／光吉夏弥＝訳／岩波書店

シナの五にんきょうだい THE FIVE CHINESE BROTHERS …… 136
C·H·ビショップ＝文／クルト・ヴィーゼ＝絵／川本三郎＝訳／瑞雲舎
Copyright © 1938 by Coward-McCann, Inc., New York permission from Putnam Pub. Group, a division of Penguin Putnam, Inc.

ジャムつきパンとフランシス BREAD AND JAM FOR FRANCES …… 13
ラッセル・ホーバン＝文／リリアン・ホーバン＝絵／まつおかきょうこ＝訳／好学社

「ジンジャーとピクルズや」のおはなし THE TALE OF GINGER&PICKLES … 61
ビアトリクス・ポター＝作・絵／いしいももこ＝訳／福音館書店 Copyright © Frederick Warne & Co. Ltd. 1909

すてきな子どもたち ROXABOXEN …… 41
アリス・マクレラン＝文／バーバラ・クーニー＝絵／きたむらたろう＝訳／ほるぷ出版

すばらしいとき TIME OF WONDER …… 177
ロバート・マックロスキー＝文・絵／わたなべしげお＝訳／福音館書店
Copyright © Robert McCloskey 1957

Zちゃん―かべのあな―…… 229
井口真吾＝作／ビリケン出版 ©井口真吾

せんろはつづくよ TWO LITTLE TRAINS …… 209
マーガレット・ワイズ・ブラウン＝文／ジャン・シャロー＝絵／与田準一＝訳／岩波書店

た

たこをあげるひとまねこざる CURIOUS GEORGE FLIES A KITE …… 168
マーガレット・レイ＝文／H・A・レイ＝絵／光吉夏弥＝訳／岩波書店

ちいさいおうち THE LITTLE HOUSE …… 69
バージニア・リー・バートン＝文・絵／いしいももこ＝訳／岩波書店

ちいさなうさこちゃん nijntje ………………………………………… 93
ディック・ブルーナ＝文・絵／いしいももこ＝訳／福音館書店 Illustrations Dick Bruna © copyright Mercis bv. 1963

ちいちゃな女の子のうた「わたしは生きてるさくらんぼ」 "I AM CHERRY ALIVE" THE LITTLE GIRL SANG ………………………………………… 41
デルモア・シュワルツ＝文／バーバラ・クーニー＝絵／しらいしかずこ＝訳／ほるぷ出版 Illustrations Copyright © 1979 by Barbara Cooney Reprinted with the permission of HarperCollins Publishers

テディ・ベアのおいしゃさん Au bonheur des ours ………………………… 125
ガブリエル・バンサン＝作／いまえよしとも＝訳／BL出版 © 1993 by Duculot/ Casterman, Belgium permission from Casterman, Bouxelles

どうながのプレッツェル PRETZEL ………………………………………… 100
マーグレット・レイ＝文／H・A・レイ＝絵／わたなべしげお＝訳／福音館書店 Illustrations © H.A. Rey 1944

トッパンのえほん ………………………………………… 33
フレーベル館

トロールのばけものどり TERRIBLE TROLL BIRD ………………………… 221
イングリ・ドーレアとエドガー・ドーレア＝作／いつじあけみ＝訳／福音館書店 Copyright © 1976 by Ingri and Edgar Parin d' Aulaire

どろんこハリー HARRY THE DIRTY DOG ………………………………… 100
ジーン・ジオン＝文／マーガレット・ブロイ・グレアム＝絵／わたなべしげお＝訳／福音館書店

な

にぐるまひいて OX-CART MAN ………………………………………… 41
ドナルド・ホール＝文／バーバラ・クーニー＝絵／もきかずこ＝訳／ほるぷ出版

ノアのはこ船 NOAH'S ARK ………………………………………… 80
旧約聖書／ピーター・スピアー＝絵／松川真弓＝訳／評論社

は

パイがふたつあったおはなし THE TALE OF THE PIE AND THE PATTY …… 61
ビアトリクス・ポター＝作・絵／いしいももこ＝訳／福音館書店

ばしん！ばん！どかん！ CRASH！ BANG！ BOOM！ ………………………… 80
ピーター・スピア＝作／わたなべしげお訳／冨山房

八郎………………………………………… 181

斎藤隆介＝作／滝平二郎＝画／福音館書店

花さき山……………………………………………………………… 181
斎藤隆介＝作／滝平二郎＝画／岩崎書店

ピーターラビットのおはなし　THE TALE OF PETER RABBIT　……………… 60
ビアトリクス・ポター＝作・絵／いしいももこ＝訳／福音館書店　Copyright © Frederick Warne & Co. Ltd. 1902

ひとまねこざる　CURIOUS GEORGE TAKES A JOB　…………………… 168, 169
H・A・レイ＝文・絵／光吉夏弥＝訳／岩波書店

ひとまねこざるときいろいぼうし　CURIOUS GEORGE　………………… 168
H・A・レイ＝文・絵／光吉夏弥＝訳／岩波書店

ひとまねこざるびょういんへいく　CURIOUS GEORGE GETS TO THE HOSPITAL 168
マーガレット・レイ＝文／H・A・レイ＝絵／光吉夏弥＝訳／岩波書店

ファミリー・ポートレート（犬小屋を持たない犬とニューヨーカーたちの物語）… 157
田中弘子＝文／田中靖夫＝絵／集英社　© 1995 Hiroko Tanaka &Yasuo Tanaka, Printed in Japan

ふたりはいつも　FROG AND TOAD ALL YEAR ……………………………… 53
アーノルド・ローベル＝作／三木卓＝訳／文化出版局

ふたりはきょうも　DAYS WITH FROG AND TOAD ……………………… 53
アーノルド・ローベル＝作／三木卓＝訳／文化出版局

ふたりはいっしょ　FROG AND TOAD TOGETHER ……………………… 53
アーノルド・ローベル＝作／三木卓＝訳／文化出版局

ふたりはともだち　FROG AND TOAD ARE FRIENDS ………………… 53
アーノルド・ローベル＝作／三木卓＝訳／文化出版局　Copyright © 1970 by Arnold Lobel　Reprinted with the permission of HarperCollins Publishers

ふふふん　へへへん　ぽん！―もっといいことききっとある―　HIGGLETY PIGGLETY POP ! OR THERE MUST BE MORE LIFE ……………………………… 21
モーリス・センダック＝作／じんぐうてるお＝訳／冨山房

フランシスのいえで　A BABY SISTER FOR FRANCES ……………………… 13
ラッセル・ホーバン＝文／リリアン・ホーバン＝絵／まつおかきょうこ＝訳／好学社　Copyright © 1964 by Russell Hoban　Reprinted with the permission of Harper-Collins Publishers

フランシスとたんじょうび　A BIRTHDAY FOR FRANCES ………………… 13
ラッセル・ホーバン＝文／リリアン・ホーバン＝絵／まつおかきょうこ＝訳／好学社

フランシスのおともだち　BEST FRIENDS FOR FRANCES …………………… 13
ラッセル・ホーバン＝文／リリアン・ホーバン＝絵／まつおかきょうこ＝訳／好学社

ブリキの音符…………………………………………………………………………… 113
片山令子＝文／ささめやゆき＝絵／白泉社　© Reiko Katayama & Yuki Sasameya 1994

ぼくにげちゃうよ　THE RUNAWAY BUNNY ……………………………… 69,120
マーガレット・ワイズ・ブラウン＝文／クレメント・ハード＝絵／いわたみみ＝訳／ほるぷ出版

ま

まいごのアンガス　ANGUS LOST ………………………………………………… 100
マージョリー・フラック＝作・絵／瀬田貞二＝訳／福音館書店

まどのそとの　そのまたむこう　OUTSIDE OVER THERE …………………… 21
モーリス・センダック＝作／わきあきこ＝訳／福音館書店

マドレーヌといぬ　MADELINE'S RESCUE ……………………………………… 49
ルドウィッヒ・ベーメルマンス＝作・画／瀬田貞二＝訳／福音館書店

まりーちゃんとひつじ　JEANNE-MARIE COUNTS HER SHEEP（,SPRINGTIME FOR JEANNE-MARIE）…………………………………………………………… 85
フランソワーズ＝文・絵／与田準一＝訳／岩波書店

まりーちゃんのくりすます　NOËL FOR JEANNE-MARIE …………………… 85
フランソワーズ＝文・絵／与田準一＝訳／岩波書店　Copyright © 1953 by Charles Scribner's Sons; Copyright renewed © 1981 by The Salvation Army. Reprinted with the permission of Simon & Schuster Children's Publishing Division

まよなかのだいどころ　IN THE NIGHT KITCHEN ……………………………… 21
モーリス・センダック＝作／じんぐうてるお＝訳／冨山房

みみずくと３びきのこねこ　AN OWLAND THREE PUSSYCATS ……………… 25
アリス＆マーティン・プロベンセン＝作／きしだえりこ＝訳／ほるぷ出版

メアリー……………………………………………………………………………… 149
舟崎靖子＝作／長谷川集平＝絵／文研出版

モーモーまきばのおきゃくさま　COW'S PARTY ……………………………… 149
マリー・ホール・エッツ＝文・絵／やまのうちきよこ＝訳／偕成社　Copyright © by Marie Hall Ets used by permission of The Literary Estate of Marie Hall Ets, Manhattan, kansas

モチモチの木………………………………………………………………………… 181
斎藤隆介＝作／滝平二郎＝画／岩崎書店　©斎藤敬子・滝平二郎

モペットちゃんのおはなし　THE STORY OF MISS MOPPET …………………… 60
ビアトリクス・ポター＝作・絵／いしいももこ＝訳／福音館書店

ら

ルピナスさん　MISS RUMPHIUS ……………………………………………… 40
バーバラ・クーニー＝作／かけがわやすこ＝訳／ほるぷ出版　Copyright © Barbara Cooney Porter permissions from Viking, a division of Penguin Putnam, Inc.

レナレナ　LENA LENA ………………………………………………………… 105
ハリエット・ヴァン・レーク＝作／野坂悦子＝訳／リブロポート　Copyright © 1986 by Harriet van Reek

ろけっとこざる　CURIOUS GEORGE GETS A MEDAL ……………………… 168
H・A・レイ＝文・絵／光吉夏弥＝訳／岩波書店

【洋書】

ARIOSTO'S "ORLANDO FURIOSO" ………………………………………… 73
Gustave Doré＝作／DOVER 社

BIBLE ……………………………………………………………………… 73
Gustave Doré＝作／DOVER 社

BLUEBERRIES FOR SAL …………………………………………………… 68
Robert McCloskey＝作／THE VIKING PRESS 社　Copyright © 1948, 1976 by Robert McCloskey permissions from Viking, a division of Penguin Putnam, Inc.

DANTE'S DIVINE COMEDY ………………………………………………… 73
Gustave Doré＝作／DOVER 社

RABELAIS ………………………………………………………………… 73
Gustave Doré＝作／DOVER 社

SHAKER LANE ……………………………………………………………… 29
ALICE AND MARTIN PROVENSEN＝作／VIKING KESTREL 社　Copyright © 1987 by Alice Provensen permissions from Viking, a division of Penguin Putnam, Inc.

THE RIME OF THE ANCIENT MARINER ……………………………………… 73
Gustave Doré＝作／DOVER 社

作者名さくいん

＊本文中で表紙写真を掲載した絵本の作者に限り、姓、名、欧文表記、生没年、出身地、の順で表示しました。

あ

アトリー，アリソン　Alison Uttley 1884-1976　イギリス …… 161
井口真吾　Shingo Iguchi 1957-　日本 …… 229
ウイリアムズ，ガース　Garth Williams 1912-　アメリカ …… 13
ヴィーゼ，クルト　Kurt Wiese 1881-1974　アメリカ …… 136, 205
エッツ，マリー・ホール　Marie Hall Ets 1895-1984　アメリカ …… 149, 197

か

片山令子　Reiko Katayama 1949-　日本 …… 113
クーニー，バーバラ　Barbara Cooney 1917-2000　アメリカ …… 40, 41
グレアム，マーガレット・ブロイ　Margaret Bloy Graham 1920-　アメリカ（カナダ生まれ）100

さ

斎藤隆介　Ryusuke Saito 1917-1985　日本 …… 181
ささめやゆき　Yuki Sasameya 1943-　日本 …… 113
ジオン，ジーン　Gene Zion 1913-1975　アメリカ …… 100
シャロー，ジャン　Jean Charlot 1898-1979　アメリカ（フランス生まれ）… 120, 209
シュワルツ，デルモア　Delmore Schwartz 1913-　アメリカ …… 41
スピアー，ピーター　Peter Spier 1927-　アメリカ（オランダ生まれ）…… 80, 81
センダック，モーリス　Maurice Sendak 1928-　アメリカ …… 21

た

滝平二郎　Jiro Takidaira 1921-　日本 …… 181
武井武雄　Takeo Takei 1894-1983　日本 …… 136
田中弘子　Hiroko Tanaka　日本 …… 157
田中靖夫　Yasuo Tanaka 1941-　日本 …… 157
ツヴェルガー，リスベス　Lisbeth Zwerger 1954-　オーストリア …… 145

デ・パオラ，トミー Tomie de Paola 1934- アメリカ …… 217
テンペスト，マーガレット Margaret Tempest 1892-1982 イギリス …… 161
ドーレア，イングリ Ingri d'Aulaire 1904-1980 ノルウェー …… 221
ドーレア，エドガー Edgar d'Aulaire 1898-1986 ドイツ …… 221
ドレ，グスタフ Gustave Doré 1832-1883 フランス …… 73
な
ニコルソン，ウィリアム William Nicholson 1872-1949 イギリス …… 129
は
ハード，クレメント Crement Hurd 1908- アメリカ …… 69, 120
バートン，バージニア・リー Virginia Lee Burton 1909-1968 アメリカ …… 69
長谷川集平 Shuhei Hasegawa 1955- 日本 …… 149
バンサン，ガブリエル Gabrielle Vincent 1928-2000 ベルギー …… 125
ビショップ，クレール・H Claire Huchet Bishop 1899 ?-1993 アメリカ（フランス生まれ） 136
ビダード，マイケル Michael Bedard カナダ …… 40
舟崎靖子 Yasuko Funazaki 1944- 日本 …… 149
ブラウン，マーガレット・ワイズ Margaret Wise Brown 1910-1952 アメリカ …… 69, 120, 209
フラック，マージョリー Marjorie Flack 1897-1958 アメリカ …… 69, 100, 205
フランソワーズ Françoise 1897-1961 フランス …… 85
ブルーナ，ディック Dick Bruna 1927- オランダ …… 93
プロベンセン，アリス Alice Provensen 1918- アメリカ …… 25, 29
プロベンセン，マーティン Martin Provensen 1916-1987 アメリカ …… 25, 29
ベーメルマンス，ルドウィッヒ Ludwig Bemelmans 1898-1962 アメリカ（オーストリア生まれ） …… 49
ホーバン，ラッセル Russell Hoban 1925- アメリカ …… 13
ホーバン，リリアン Lillian Hoban 1925- アメリカ …… 13
ポター，ビアトリクス Beatrix Potter 1866-1943 イギリス …… 60, 61
ホフマン，E・T・A E.T.A. Hoffmann 1776-1822 ドイツ …… 145

ま

マクレラン，アリス Alice McLerran アメリカ …………………………………… 41

マックロスキー，ロバート Robert McCloskey 1914- アメリカ ………… 68, 177

マリノ，ドロシー Dorothy Marino 1912- アメリカ …………………………… 185

モーム，W. サマセット William Somerset Maugham 1874-1965 イギリス ……… 136

や

山本容子 Yoko Yamamoto 1952- 日本 ………………………………………… 193

ら

レーク，ハリエット・ヴァン Harriët van Reek 1957- オランダ ……………… 105

レイ，H・A H.A. Rey 1898-1977 アメリカ（ドイツ生まれ） ……………… 168

レイ，マーガレット E. Margret E. Rey 1906-1996 アメリカ(ドイツ生まれ) … 168

ローベル，アーノルド Arnold Lobel 1933-1987 アメリカ …………………… 53

全国絵本・児童書専門店リスト

★定休日等をお確かめになってお出かけ下さい。

〈北海道〉

●でぃん・どん
〒097-0002　北海道稚内市潮見3-3-6　☎0162-34-0241

●プー横丁
〒085-0058　北海道釧路市愛国東4-2-4　☎0154-36-5298

●草原社
〒080-2469　北海道帯広市西19条南3-1　☎0155-34-5000

●こども富貴堂
〒070-0037　北海道旭川市７条通８丁目買物公園　☎0166-25-3169

●えほんのへや　Message
〒068-0828　北海道岩見沢市鳩が丘1-12-4　☎0126-24-9588

●絵本の広場　ポケット
〒061-1434　北海道恵庭市柏陽町4-8-2　☎0123-33-8535

●ひだまり
〒006-0803　北海道札幌市手稲区新発寒３条4-3-20　☎011-695-2120

●絵本と木のおもちゃ専門店　ぶっくはうすりとるわん
〒003-0024　北海道札幌市白石区本郷通６丁目南2-1-101　☎011-860-1325

●札幌 NikiTiki　ろばのこ
〒001-0037　北海道札幌市北区北37条西6-1-18マープル麻生　☎011-736-6675

〈東北〉

●アイウエオの木
〒030-0912　青森県青森市八重田字露草1-268　☎017-726-2222

●さわや書店　MOMO
〒020-0022　岩手県盛岡市大通2-2-14　☎019-623-4422

●イースター・バニー
〒010-0932　秋田県秋田市川元開和町1-35　☎018-865-2117

●ラストリーフ
〒998-0842　山形県酒田市亀ヶ崎3-7-2　☎0234-22-7771

● ALDO
〒985-0835　宮城県多賀城市下馬2-5-19　☎022-365-5044

●チャイルドハウス　Nezumi-kun
〒981-3133　宮城県仙台市泉区泉中央1-4-1セルバ４Ｆ　☎022-371-2205

●横田や
〒981-0931　宮城県仙台市青葉区北山1-4-7　☎022-273-3788

●絵本・童話・ヨーロッパのおもちゃ　カシオペイア
〒963-0205　福島県郡山市堤1-88　☎0249-52-7583

〈関東〉

●子どもの本専門店　ばく
〒321-0165　栃木県宇都宮市緑3-7-30　☎028-659-4527

●本の家
〒370-0852　群馬県高崎市中居町4-31-17　☎0273-52-0006

● Dorothy's
〒358-0024　埼玉県入間市久保稲荷2-1-17　☎0429-66-9540

●童
〒354-0041　埼玉県入間郡三芳町藤久保85-9　☎0492-58-7848

●子どもの本専門店　会留府
〒260-0854　千葉県千葉市中央区長洲1-10-9　☎043-227-9192

●愛信書房
〒272-0805　千葉県市川市大野町1-433-10　☎047-337-1204

●グリム
〒273-0003　千葉県船橋市宮本1-10-9　☎0474-24-4195

●絵本と木のおもちゃの店　宝島
〒274-0063　千葉県船橋市習志野台3-2-106　☎0474-64-6448

●たんぽぽ館
〒125-0062　東京都葛飾区青戸1-19-5　☎03-3693-7577

●子どもの本専門古書店　みわ書房
〒101-0051　東京都千代田区神田神保町2-3神田古書センター５Ｆ　☎03-3261-2348

●教文館子どもの本のみせ　ナルニア国
〒104-0061　東京都中央区銀座4-5-1　☎03-3563-0730

●クレヨンハウス
〒107-0061　東京都港区北青山3-8-15　☎03-3406-6492

●子どもの本の店
〒150-0002　東京都渋谷区渋谷2-7-9　☎03-3400-2723

●ブックファースト渋谷店５Ｆ　Mite
〒150-0042　東京都渋谷区宇田川町33-5　☎03-3770-2048

● TEAL　GREEN
〒146-0084　東京都大田区南久が原2-16-16　☎03-5482-7871

●西武新宿ブックセンター　書原新宿店
〒160-0021　東京都新宿区歌舞伎町1-30-1新宿ペペ８Ｆ　☎03-3208-0380

●マイシティ　山下書店
〒160-0022　東京都新宿区新宿3-38-1マイシティ５Ｆ　☎03-3352-6685

●リブロ池袋館
〒171-0022　東京都豊島区南池袋1-28-1西武池袋店イルムス館Ｂ１Ｆ　☎03-5992-6991

●芳林堂書店池袋本店
〒171-0021　東京都豊島区西池袋1-17-7　☎03-3984-1101

● TOM'S BOX
〒180-0004　東京都武蔵野市吉祥寺本町2-14-7LIVES内　☎0422-23-0868

●おばあちゃんの玉手箱
〒180-0004　東京都武蔵野市吉祥寺本町2-31-1山崎ビル１、２Ｆ　☎0422-21-0921

●子どもの時間がある本屋　りとる
〒181-0012　東京都三鷹市上連雀1-1-5-105　☎0422-36-4771

●プーの森
〒181-0013　東京都三鷹市下連雀3-31-16　☎0422-42-5333

●ペンギンハウス
〒186-0002　東京都国立市東3-6-17　☎042-571-6596

●こどものほんのみせ　くにたち桃太郎
〒186-0002　東京都国立市東2-12-26　☎042-576-2189

●子どもの本とお茶の店　モリス
〒183-0035　東京都府中市四谷3-55-87　☎042-334-0967

●夢の絵本堂
〒183-0055　東京都府中市府中町2-20-13丸善ビル105　☎042-358-0333

●トロル
〒189-0022　東京都東村山市野口町1-11-4　☎042-392-5304

●ピースランド
〒206-0025　東京都多摩市永山6-9-3　☎042-337-4645

●よちよち屋
〒228-0813　神奈川県相模原市松が枝町9-21　☎0427-46-6117

●ともだち
〒223-0062　神奈川県横浜市港北区日吉本町3-12-20　☎045-561-5815

●よい本をひろめる会　カンガルーハウス
〒259-1132　神奈川県伊勢原市桜台1-13-6　☎0463-92-2016

●アリスの部屋
〒254-0045　神奈川県平塚市見附町12-7　☎0463-36-4300

●スズイ書店
〒254-0806　神奈川県平塚市夕陽ヶ丘26-18　☎0463-21-7486

〈中部〉

●チルクリ
〒921-8034　石川県金沢市泉野町5-3-3　☎076-247-4473

●じっぷじっぷ
〒910-0017　福井県福井市文京2-8-11　☎0776-25-0516

●コマ書店
〒396-0021　長野県伊那市ますみヶ丘351-7　☎0265-78-4030

●すみれ書房
〒395-0083　長野県飯田市錦町2-13　☎0265-22-6615

●クマ工房　熊屋
〒384-1305　長野県南佐久郡南牧村野辺山20　☎0267-98-2334

●ちいさいおうち
〒390-0877　長野県松本市沢村3-4-41　☎0263-36-5053

●たつのこ書店
〒390-0874　長野県松本市大手4-3　☎0263-35-4018

●こどものほんや　ピースランド
〒506-0026　岐阜県高山市花里町4-74　☎0577-34-5356

●おおきな木
〒500-8043　岐阜県岐阜市伊奈波通3-11　☎0582-64-2393

●絵本のゆめや
〒400-0017　山梨県甲府市屋形3-3-7　☎055-254-6661

●えれふぁんと
〒430-0938　静岡県浜松市紺屋町300-10　☎053-456-7859

●バズハウス
〒426-0087　静岡県藤枝市音羽町3-9-8　☎0546-44-0251

●リブレ戸田書店
〒424-0888　静岡県清水市中之郷1-2-11　☎0543-46-2003

●ピッポ
〒424-0886　静岡県清水市草薙1-6-3　☎0543-45-5460

●百町森おもちゃ村
〒420-0839　静岡県静岡市鷹匠2-13-13トピア鷹匠１Ｆ　☎054-251-8700

●絵本の店　「遊」
〒420-0913　静岡県静岡市瀬名川2-22-14　☎054-261-2522

●さかえ書房
〒417-0001　静岡県富士市今泉3-14-3　☎0545-52-4812

●もりの
〒417-0047　静岡県富士市青島町85　☎0545-52-8555

●ミルハウス
〒486-0805　愛知県春日井市岩野町2-5-6　☎0568-82-1433

●夢文庫ピコット
〒468-0015　愛知県名古屋市天白区原1-1616　☎052-803-1020

● Books トムの庭
〒465-0093　愛知県名古屋市名東区一社4-27-1一社ハイツＢ１　☎052-702-7603

●メルヘンハウス
〒464-0850　愛知県名古屋市千種区今池2-3-14　☎052-733-6481

●えほんのみせ　リトルベア
〒458-0045　愛知県名古屋市緑区鹿山2-27　☎052-899-1282

●花のき村
〒446-0036　愛知県安城市小堤町5-14　☎0566-75-5083

●ちいさいおうち
〒444-0047　愛知県岡崎市八幡町3-8-1　☎0564-25-5760

●てぃんかあ・べる
〒440-0888　愛知県豊橋市駅前大通3-52　☎0532-53-3486

〈近畿〉

●メリーゴーランド
〒510-0836　三重県四日市市松本3-9-6　☎0593-51-8226

● SeaBeans
〒517-0505　三重県志摩郡阿児町甲賀1529-8　☎0599-45-4322

●みやがわ書店
〒519-0505　三重県度会郡小俣町本町163　☎0596-22-4317

●こどものとも
〒649-6333　和歌山県和歌山市永穂283-1　☎073-464-3711

●ころぽっくるの家
〒520-0032　滋賀県大津市観音寺5-3　☎0775-22-9849

●きりん館
〒606-8202　京都府京都市左京区田中大堰町157　☎075-721-9085

●きんだあらんど
〒606-8354　京都府京都市左京区新間之町二条下ル　☎075-752-9275

●Kid'sいわき　パフ
〒611-0021　京都府宇治市宇治妙楽31　☎0774-21-2792

●えほん館
〒611-0041　京都府宇治市槇島町落合142-1京都生協メイティ内　☎0774-24-5627

●こどものベンチ
〒581-0802　大阪府八尾市北本町2-11-7　☎0729-23-1872

●森田
〒581-0065　大阪府八尾市亀井町2-4-39　☎0729-23-1134

●クレヨンハウス大阪店
〒564-0053　大阪府吹田市江の木町5-3　☎06-6330-8071

●木馬館
〒542-0062　大阪府大阪市中央区上本町西5-3-13　☎06-6768-5053

●ひつじ書房
〒658-0072　兵庫県神戸市東灘区岡本1-2-3　☎078-451-1734

●シオサイ
〒662-0834　兵庫県西宮市南昭和町10-19　☎0798-64-8552

●ジオジオ
〒675-0012　兵庫県加古川市野口町野口119-9　☎0794-26-6704

〈中国〉

●えほんや　とこちゃん
〒683-0067　鳥取県米子市東町71-73　☎0859-34-2016

●春秋書店
〒682-0721　鳥取県東伯郡羽合町田後595-8　☎0858-35-2620

●くんぺる
〒700-0975　岡山県岡山市今6-4-9　☎086-246-2227

●トムテの森
〒708-1125　岡山県津山市高野本郷1474-6　☎0868-26-7123

●えほんてなブル
〒730-0845　広島県広島市中区舟入川口町8-7　☎082-295-2189

●ピーターハウス
〒739-0452　広島県佐伯郡大野町丸石2-4-26　☎0829-55-3137

●こどもの本　ほうき星
〒731-5155　広島県広島市佐伯区城山2-16-25　☎082-927-3428

●こどもの広場
〒750-0001　山口県下関市幸町7-13　☎0832-32-7956

〈四国〉

●ウーフ
〒763-0081 香川県丸亀市土器町西5-88 ☎0877-24-4667

●えほんの杜
〒761-0612 香川県木田郡三木町氷上2336 ☎087-898-1375

●うさぎのしっぽ
〒799-1101 愛媛県周桑郡小松町大字新屋敷甲2922 ☎0898-72-3241

●ウォルナットグローブ
〒794-0025 愛媛県今治市大正町2-1-5 ☎0898-33-1005

● FAMILLE
〒780-0862 高知県高知市鷹匠町1-3-10 ☎088-873-5818

●コッコ・サン
〒780-0051 高知県高知市愛宕3-12-7 ☎088-825-1546

●金高堂朝倉ブックセンター
〒780-8085 高知県高知市大谷公園町20-15 ☎088-840-1363

●高知キリン館
〒788-0004 高知県宿毛市長田町2-5 ☎0880-63-4639

●りとるまみい
〒770-0046 徳島県徳島市鮎喰町2-159 ☎0886-31-4925

〈九州・沖縄〉

●えほん館
〒814-0002 福岡県福岡市早良区西新5-5-13 ☎092-822-5000

●ドク・スピール
〒815-0035 福岡県福岡市南区向野2-18-1フローラルハイム1F ☎092-542-0550

●エルマー
〒816-0801 福岡県春日市春日原東町3-16 ☎092-582-8639

●赤とんぼ
〒818-0105 福岡県太宰府市都府楼南2-20-26 ☎092-923-6020

●ひまわり
〒824-0005 福岡県行橋市中央3-6-5 ☎0930-24-4522

●ひまわりこども
〒824-0121 福岡県京都郡豊津町豊津326-1 ☎0930-33-8080

●ブックロード
〒831-0031 福岡県大川市上巻野口4-30-1ゆめタウン大川2F ☎0944-89-2360

●こすもす

〒849-0922　佐賀県佐賀市高木瀬東6-4-12　☎0952-30-9087

●童話館

〒850-0931　長崎県長崎市南山手町2-10　☎095-828-0716

●絵本の森

〒854-0001　長崎県諫早市福田町1673-8　☎0957-22-0696

●えるむの木

〒862-0924　熊本県熊本市帯山3-12-7　☎096-384-0673

●竹とんぼ

〒861-2402　熊本県阿蘇郡西原村小森1847-3　☎096-279-2728

●森のほんやさん

〒884-0104　宮崎県児湯郡木城町大字石河内475　☎0983-39-1141

●ブック愛ランド

〒895-0072　鹿児島県川内市中郷1-5　☎0996-23-2020

●アルム

〒904-0012　沖縄県沖縄市安慶田1-29-10くすぬち平和文化館　☎098-938-4192

●トムテ

〒903-0125　沖縄県中頭郡西原町上原116-6　☎098-946-6066

〈その他〉　★通信販売のみで絵本・児童書を扱っているお店です。

●錨といるか社

〒164-0001　東京都中野区中野2-28-1-707　☎03-5341-3457

●サンタポスト

〒185-0014　東京都国分寺市東恋ヶ窪4-9-2　☎042-322-7120

資料提供；赤木かん子著「絵本・子どもの本 総解説 第4版」
(2000年8月、自由国民社刊)

★国際子ども図書館 (2000年5月開館)

〒110-0007　東京都台東区上野公園12-49　☎03-3827-2053

休館日／月曜日・祝日・年末年始　開館時間／9:30〜17:00（10月〜3月は16:00まで）

URL/http: //www.kodomo.go.jp

この作品は平成九年六月白泉社より刊行された単行本に「幸福きわまりない吐息」「誘拐の手なみ」を加筆したものである。

きらきらひかる　江國香織著

二人は全てを許し合って結婚した、筈だった……。妻はアル中、夫はホモ。セックスレスの奇妙な新婚夫婦を軸に描く、素敵な愛の物語。

こうばしい日々　江國香織著
坪田譲治文学賞受賞

恋に遊びに、ぼくはけっこう忙しい。11歳の男の子の日常を綴った表題作など、ピュアで素敵なボーイズ&ガールズを描く中編二編。

つめたいよるに　江國香織著

愛犬の死の翌日、一人の少年と巡り合った女の子の不思議な一日を描く「デューク」、デビュー作「桃子」など、21編を収録した短編集。

ホリー・ガーデン　江國香織著

果歩と静枝は幼なじみ。二人はいつも一緒だった。30歳を目前にしたいまでも……。対照的な女性二人が織りなす、心洗われる長編小説。

流しのしたの骨　江國香織著

夜の散歩が習慣の19歳の私と、タイプの違う二人の姉、小さな弟、家族想いの両親。少し奇妙な家族の半年を描く、静かで心地よい物語。

すいかの匂い　江國香織著

バニラアイスの木べらの味、おはじきの音、すいかの匂い。無防備に心に織りこまれてしまった事ども。11人の少女の、夏の記憶の物語。

絵《え》本《ほん》を抱《かか》えて 部《へ》屋《や》のすみへ

新潮文庫 え - 10 - 7

平成十二年十二月一日発行

著者 江《え》國《くに》香《か》織《おり》
発行者 佐藤隆信
発行所 株式会社 新潮社
郵便番号 一六二—八七一一
東京都新宿区矢来町七一
電話 編集部(〇三)三二六六—五四四〇
読者係(〇三)三二六六—五一一一

価格はカバーに表示してあります。

乱丁・落丁本は、ご面倒ですが小社読者係宛ご送付ください。送料小社負担にてお取替えいたします。

印刷・錦明印刷株式会社 製本・錦明印刷株式会社

ISBN4-10-133917-1 C0195